CONTENTS

有罪、とAIは告げた

Guilty, the AI said

中山七里

Nakayama Shichiri

有罪、とAIは告げた

Guilty, the AI said

小学館

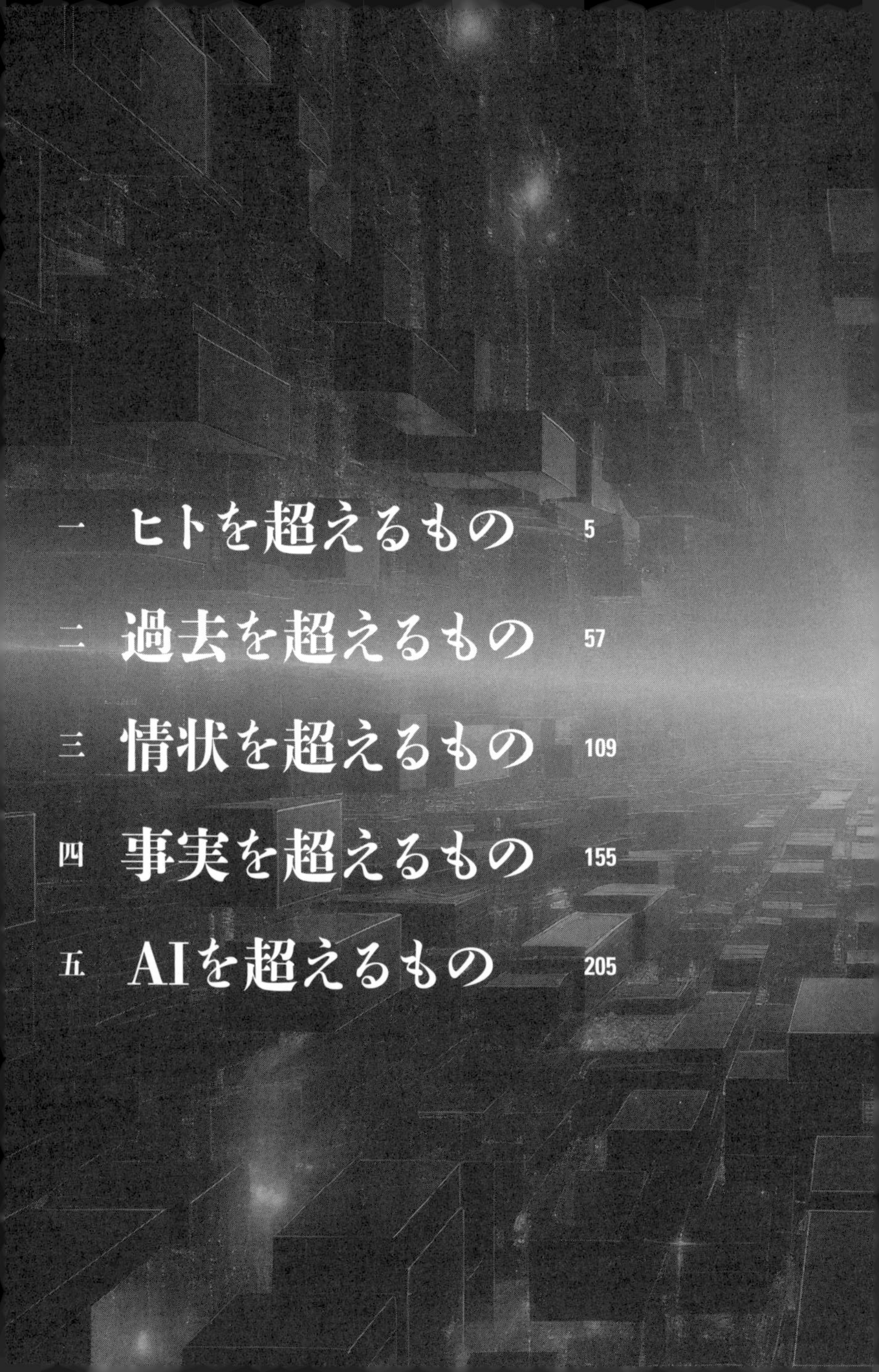

一　ヒトを超えるもの　5

二　過去を超えるもの　57

三　情状を超えるもの　109

四　事実を超えるもの　155

五　AIを超えるもの　205

一　ヒトを超えるもの

Ⅰ

「主文。被告人を懲役十六年に処する」

法廷に檜葉《ひば》裁判長の声が響き渡ると、被告人樋口康人《ひぐちやすと》はがくりと肩を落とした。求刑の懲役二十年が十六年に減ったことへの安堵《あんど》なのか、それとも長期の懲役刑を免れなかったことへの落胆なのか、表情だけでは判断がつかない。そもそも弁護側は、犯行当時の樋口が心神喪失の状態だったとの理由で無罪を主張していたのだ。

左陪席に座る高遠寺円《こうえんじまどか》が弁護人の島倉《しまくら》に視線を移すと、彼は判決内容を予想していたかのように軽く頷《うなず》いていた。してみれば心神喪失で押し通すことに無理があったのは、当の島倉も織り込み済みだったのだろう。

一方、検察側はと見れば、瀬倉《せくら》検事も予想通りだというように口元を緩めている。巷《ちまた》で囁《ささや》かれているように、判決が求刑の八割であれば妥当だと納得しているのかもしれない。言い換えれば、この判決は被告人以外の関係者全員が納得しているのだ。

事件は四年前に起きた。樋口は両親と三人で暮らしていたが、ある日、包丁で二人をメッタ刺しにして死に至らしめたのだ。

公判は被告人の責任能力の有無が争点になった。検察側は、樋口被告人が日頃から常習的に家庭内暴力を繰り返していたことから懲役二十年を求刑。一方の弁護側は、被告が犯行当時、大麻の影響で幻聴に支配されて心神喪失状態だったとして無罪を主張していた。

主文に続き、檜葉は判決理由を述べ始める。

「公判に先立ち、弁護側と検察側双方から精神鑑定が実行された。弁護側の鑑定医は、当公判廷において、被告人が犯行当時に精神障害を患い幻聴が生じていた可能性を証言した。これに対し、検察側の鑑定医は、当公判廷において、習慣的な大麻使用による思考障害等の影響により犯行を促進した可能性に言及しながらも、犯行に影響を与えるような幻聴等はうかがわれないと証言した。また、精神鑑定の検査として施行されたCTスキャンでは、年齢不相応の前頭葉・側頭葉の萎縮が認められたものの、大麻使用による影響である可能性を指摘する証言をした。これらを踏まえて検討すると、犯行は殺害までの間、被告人に葛藤があった点や、被告人の動機も了解可能であることから、幻聴に完全に支配されていたと評することはできず、被告人自身が判断し行動を選択した面があったと判断せざるを得ない」

心神喪失も心神耗弱《こうじゃく》も法律概念に過ぎず医学的に判断できるものではないので、最終的な判断は裁判官に委ねられる。だが判断を下す過程において鑑定医の報告書はもちろん、証拠として提出された専門書まで目を通さねばならない。

実際、判決文を書くにあたっては裁判長の檜葉のみならず右陪席の崎山《さきやま》も円も、精神疾患の専門書と首っ引きだった。無論、検察側が提出していた犯行に関する証拠書類も遺漏《いろう》なく読み込まなければならない。法衣を纏《まと》い始めたばかりの円や、この道十年の崎山はともかく、檜葉は再来年には退官となる年齢だ。本事案のみならず常に十数件もの案件を抱えた身で、どれだけ寝食に費やす時間を削っているのか。他人事《ひとごと》ながら円は気が気でない。

「従って、被告人は、本件各犯行当時、完全責任能力を有していたものと認められ、この認定判断に合理的疑いを容れる余地はなく、懲役刑の判断を下したものである」

檜葉の声は澱《よど》みこそないものの力強さに欠ける。連日の睡眠不足が影響しているのは一目瞭然だった。

「被告人には長らく自省と鎮魂の時間が与えられます。自身の行いにより二名もの肉親の生命を奪った事実から目を背けることなく、自分と向き合ってください。以上、閉廷します」

檜葉たちが立ち上がり、書記官の合図で傍聴人たちが席を立つ。出口に急ぐ者たちはおそらく報道関係者だろう。彼らの背中を一瞥《いちべつ》して円は檜葉たちとともに裏手の評議室へ移動する。

評議室は裁判官が評議を行う部屋だ。ただし判決言い渡しが済んだ後は、束の間《つかのま》、裁判官三人の休憩室となる。

「ふう」

丸テーブルの椅子に腰を下ろすなり、檜葉は長く深い溜息《ためいき》を吐《つ》く。身内だけになると緊張感が解けて無防備になるのは仕方がない。

「お疲れ様でした、檜葉部長」

円が声を掛けると、檜葉は片手を挙げて応《こた》える。

「見かけほど疲れちゃいません。事件としては単純だったからね」

「あの被告人、控訴するでしょうか」

「被告人はともかく、弁護人にその気はないみたいだったね。仮に控訴したとしても、棄却でしょう」

檜葉たちが判決言い渡しまでに採用した証拠物件と鑑定書は二百を超えている。殊に鑑定書は三人の裁判官が目を皿のようにして仔細《しさい》まで検《あらた》めている。そこに見逃した点はないと断言できる。

「唯一、ＣＴスキャンの画像については客観性が担保できない憾《うら》みはあるが、第三回公判で専門医が解説してくれたのでそこは問題ない」

檜葉が指摘するのは、脳画像検査の判定に関して外野の専門家から疑義が差し挟まれていることだ。彼らに言わせれば、画像は視覚に強く訴えかけるので裁判所が所見を過大評価しているきらいがあると言う。

脳が萎縮しているからといって責任能力が欠如していると判断するのは、次元の異なる概念を強引に結び付けることであり、非科学的だという誹《そし》りは免れない。

そんな言説は百も承知している。だが鑑定書の一部として提出されている限りは吟味しなければならない。外野から冷笑交じりの疑義を受けるのを甘受してもだ。

裁判官は法知識さえあれば務まるというのは、幻想以前の大いなる誤解だ。法医学に脳医学、昨今ではＩＴ関連の事件が急増しているため、その方面の知識も学ばねばならない。今にして思えば法科大学院や司法修習期間で学んだ知識は範囲が限定されていた分だけ楽だった。現場で必要とされる知識とは広さも深さも比べ物にならない。

「高遠寺さんの方はどうでしたか」

右陪席に座っていた崎山が気遣わしげに訊《き》いてきた。

「今回の事案は殊に専門書の読み込みが多かった。ちゃんと眠れましたか」

「大丈夫です。二徹くらいなら司法試験を受ける時に何度も経験してますから」

「徹夜が身体《からだ》にいいはずがない」

今度は檜葉が割って入った。

「若いから無理が利くのではない。無理を忘れることができるだけの話だ。積もり積もった無理はいつか自身にしっぺ返しがくる。ほれ、わたしがいい例だ」

「しかし、檜葉部長」

「若さに胡坐《あぐら》を搔《か》かず、眠るべき時には眠りなさい。あなたが判事になった時、体力気力に問題があったら、お祖母様《ばあさま》に申し開きができなくなる」

またか、と円は内心で顔を顰《しか》める。

円の祖母、高遠寺静《しずか》は日本で二十人目の女性判事だった。在任期間も長く、彼女の薫陶を受けた部下や後輩も多い。檜葉もその一人で、彼がまだ判事補の頃、静には裁判官の何たるかを骨の髄まで叩《たた》き込まれたと言う。

『高遠寺判事のお孫さんを預かるというのは、最後のご奉公みたいなものだな』

最初の案件で顔を合わせた際にそう言われた。何を時代錯誤なと思ったが、当の檜葉がひどく感慨深そうなのでひと言も返せなかったのだ。

何の因果か、ここ東京地裁や同じ建物にある東京高裁には静を知る者が少なくない。高遠寺という姓は珍しく、お蔭《かげ》で円が自己紹介する度に祖母の思い出を聞かされる始末だった。今でも祖母は大好きだが、こうも畏敬が続くと少し鬱陶しくなるのも事実だった。

「しかし檜葉判事。昨今は、彼女でなくても徹夜する必要に駆られる案件が頻発していますよ」

崎山が話の方向を変えてくれたので助かった。

「専門的な説明が必要なら専門家を証言台に呼べばいいし、鑑定医の説明が難解であれば裁判員にも理解できるよう嚙《か》み砕いてもらうこともできます。しかし、やはり裁判官である我々が資料読み込みの段階でそれぞれの主張の中身を把握しておかなければなりません。弱音を吐くつもりはありませんが、これは新たに裁判官になった者には予想外の試練ですよ」

「新しい時代には新しいかたちの犯罪が生まれ、新しい知識を駆使して裁判に臨まなければならない。当然と言えば当然。不安を覚えるのは理解できるが、それでも我々の先達《せんだつ》がこの場にいたら『日々精進するように』としか言わないだろうね」

檜葉は達観したように、しかし半ば諦めたように言う。

「何となれば、どれだけ裁判官の数が足りてなかろうが、事件を裁く者は我々以外に存在しないのだから」


評議室でひと息入れると、円は本日二件目の公判に向かう。これは単純な窃盗事件で物的証拠も挙がっているが、被告人女性が当初から犯行を否認しているので公判が長引いている。この被告人女性は以前にも窃盗事件を起こしており、執行猶予つきの実刑判決を受けている。今回の事件は執行猶予期間中の犯行であり、もし有罪判決を食らえば前回分との累積になるので、死に物狂いになっているのだろう。

実際、法廷における彼女の立ち居振る舞いは見苦しいという域を超え、滑稽にすら思えた。

「わたしは時折二重人格になってしまい、月夜の晩になるともう一人の自分が盗みを働くんです」

あなたは狼男《おおかみおとこ》の末裔《まつえい》か何かか。思わず突っ込みを入れそうになったが、裁判官としての常識が衝動を抑えてくれた。

彼女の学芸会に付き合わされること一時間、ようやく昼食の時間が巡ってきた。だが地下の食堂はどこも満席で、順番を待っているうちに昼休みの時間は刻一刻と削られていく。この日も、いつものように円はわずか十五分でA定食を口中に掻き込む羽目になった。

午後一時、証人尋問。これも別事件の証人を執務室に呼び出し、書記官とともに尋問しなければならない。ここでの証言も裁判記録に残されるため、一言一句疎《おろそ》かにはできない。相手も事前にそれを知らされているので慎重にならざるを得ず、開始から三十分はお互いに腹の探り合いになる。

円は捜査資料を読むよりも、こうした証人尋問の方を好んだ。生来が話し好きで、相手の顔色を読む能力にも長《た》けている。捜査資料に隠れた事実を証人尋問から導き出した例もある。

だが質疑応答に神経を集中するあまり、二時間も続けていると次第に思考が纏まらなくなってくる。三時間の証人尋問で濃いめのコーヒーを三杯も飲む羽目になった。

午後四時、判決文作成のため、資料室で過去の判例を調べる。判例は全てデータ化されているので事件番号だけで検索できるが、判決文の骨子や判決に至るまでの組み立てを知るには、やはり裁判記録の原本にあたるしかない。古書店のようにかび臭い資料室で当該資料を探していると、三十分や一時間はあっという間に過ぎていく。

午後六時。本来であれば退庁の時刻だが、資料の抽出に思ったより時間がかかったせいで残業の憂き目に遭う。

午後七時四十分、ようやく合同庁舎を出るが、帰宅しても自室で事件記録を読みながら判決文を書かなくてはならない。この分では今日も何時に就寝できることか。

裁判官を目指して司法試験に注力していた頃、判事の仕事がこれほど多忙だとは想像もしていなかった。同時期に司法修習を受けて地方に赴任した者の話では、円ほど忙殺されていないようなので、やはり地裁ごとに抱える案件数が違うのだろう。

昭和から平成、平成から令和に移行する中、首都圏への一極集中はとどまるところを知らず、むしろ拍車がかかった感さえある。人が集まれば軋轢《あつれき》が生じ、軋轢が生じれば自《おの》ずと犯罪も増えていく。東京地裁が抱える判事一人あたりの未決案件は既にキャパシティを超えつつあった。

裁判官の増員を目論《もくろ》んで提唱された司法改革は二〇一九年の法改正で定員だけは増えたものの、実員数はむしろ二〇〇六年をピークに減少傾向に転じている。大規模法律事務所との採用競争が激化したためだ。必要とされる新任判事補が確保できない中、訴訟案件だけが徒《いたずら》に増加していき、判事一人当たりの件数が右肩上がりになっていく。

こんなはずではなかったと円は臍《ほぞ》を嚙むが、現実を儚《はかな》んでいても判決文は勝手に完成してはくれない。

最近、官舎と裁判所の往復ばかりだなあ。

久しく美味《おい》しいもの食べてないなあ。

デートもずっとお預けだよなあ。

胸の裡《うち》で愚痴をこぼしながらキーを叩き続ける。不平や不満をこぼす暇があったら、目の前の判決文に集中しろ。祖母が存命なら必ずそう叱咤《しった》されるに違いない。大正生まれの特質なのか、それとも彼女生来の気質だったのか、円の祖母は怠惰や停滞を殊のほか嫌う人間だった。

判決文の前段を書いた時点で一服入れることにした。好きな小説を読むには時間が足らず、恋人と語らうにはもっと足りない。仕方なくネットで法律関連のトピックを浚《さら》っていると、興味深い見出しが目に飛び込んできた。

『人工知能が担う新たな領域――エストニアの「ロボット裁判官」とは？』

記事を読んでみる。エストニアは早くから行政にＡＩ（Artificial Intelligence　人工知能）を導入しているが、最新のプロジェクトではいよいよ裁判への応用が始まっているのだという。

『（前略）金融、医療など、私たちが予想していた以上に人工知能と機械学習は多くの分野で活用されるようになっているが、法律の世界も例外ではない。

電子政府で知られる北ヨーロッパの国エストニアでは、農業補助金審査や求職者への仕事の紹介など、すでにＡＩの活用が多様な公的分野で推進されているが、同国における最新のプロジェクトはＡＩ搭載の「ロボット裁判官」の設計だ。

エストニアだけではない。中国のネット裁判所や、英米で話題となっているチャットボット弁護士など、法律分野でのＡＩの活躍に関する報道がこのところ相次いでいる』

円の目は記事を追っていく。後半部分を要約すると次のような内容になる。

ロボット裁判官と言っても、ＡＩが重大事件について機械的に審理を進めて一方的に判決を下すというものではない。対象となるのは七〇〇〇ユーロ以内の少額訴訟に限定され、判決に不服があれば人間の裁判官に上訴できるようになっている。まだプロジェクトは始まったばかりで、アルゴリズムの試験的な導入の後、専門家によるフィードバックを待っている段階なのだと言う。

エストニアのように先進的でなくとも、書類作成や資料集めといった法律関係の定型業務はＡＩの補助が進んでいる。中でも積極的なのは中国で、北京、杭州の大都市ではオンライン関連の係争を扱うネット裁判所まで設立されている。ＡＩが訴訟関連書類の自動作成機能を提供しているのだ。また福建省の裁判所ではＡＩが速記官となり、正確な文書作成と過去の膨大な判例データの分析と提供を行っている。

通例、裁判は結審されるまでのスピードとコストがかかり過ぎている。ＡＩの導入は、その問題に対する多面的なソリューションを生み出しているのだ。

記事を読み終えた円は、いくつかの異なる感情を同時に抱いた。司法システムを円滑に運用するため、機械に任せられる作業はどんどん任せるべきだという議論は以前からあった。勉強会でＡＩの汎用性を熱心に説く同期もいた。

だが、現実にＡＩが司法で運用されている国があるというのは初めて知った。

まず抱いたのは羨望だ。自分の就業時間の半分以上は資料集めと書類作成に費やされている。これらを全てＡＩ任せにできるのなら、今の仕事は飛躍的に効率化できる。極端な話、裁判官は判決の内容さえ考察すればいい。

次に抱いたのは絶望だ。人口約百三十万人のエストニアなら、そして国家体制が一党独裁の中国であれば、司法にＡＩを導入することも迅速にできるだろう。

しかし司法システムが硬直化し、半ば官僚制度に酷似している日本では劇的な変化を期待できない。何しろ、裁判官を増員するだけで十年以上もの歳月を要する国なのだ。

三つ目に抱いたのは非現実感だ。ニュースで伝えられていることが現実の出来事だと理解していても、自分がＡＩに指示を出している姿を想像できない。

円は最新の司法システムが夢物語に思えてしまう自分を憐《あわれ》みながら、判決文の続きを書き始めた。

翌朝、登庁した円は十一階の刑事訟廷庶務室で崎山と出くわした。

「おはようございます」

「ああ、おはようございます」

仕事量は円よりも多いはずなのに、崎山は疲れた顔一つ見せない。普段から感情を面に出すことが少ないので、判事補たちからの信頼が厚い。

ふと崎山の考えを聞きたくなった。

「エストニアのロボット裁判官のニュース、お読みになりましたか」

「ああ、読んだ。ニュースとしては結構前の話だが、英米や中国のＡＩ導入を睨《にら》んで、再度取り上げたという感が強いですね」

「日本にも導入されると助かるんですけどね」

円は愚痴交じりに話す。現場の不平不満を先輩にこぼすくらいは許してほしいと思う。

「でも、司法は古い世界だから、なかなか新しいものを取り入れるって難しいですよね」

「古いというより慎重なんですよ」

崎山はやんわりと否定する。

「人の一生を決定してしまう仕事だから、自ずと慎重にならざるを得ない。ただ新しいから、ただ便利だからという理由で導入したら、後から瑕疵《かし》に気づいても、瑕疵によって生じた人的被害は取り戻しようがない」

言われてみればいちいちその通りなので、円は頷くしかない。

「古い体質というのは仰《おっしゃ》る通りですよ。しかし、いったん導入すると決めれば迅速に事を進めます。裁判員制度がいい例ですよ。当初は色々と懸念材料や内部からの批判がありましたが、今では裁判官席に一般市民の姿があるのは至極当たり前の光景になっている」

「それはそうなんですけど」

崎山はこちらを覗《のぞ》き込んできた。

「どうやら、その話しぶりからすると、高遠寺さんも、AI導入には懐疑を抱いている部分があるようですね」

「あのー、わたしは昔からSFじみた話が苦手なタチで」

「法曹の世界にはそういう人が多いと聞きますね。かく言うわたしも同類ですが」

「わたしがAIに指示をして資料集めをしている場面が全然イメージできないんですよぉ」

「ははあ、そういうことですか」

崎山は笑いを嚙み殺しているように見えた。

「それはSF的発想が云々《うんぬん》というよりも、想像力が貧困というだけの話では」

「ひっどい」

「失礼。ただ、わたしも別の面で懐疑を抱いてはいるんです」

どちらかと言えば新しもの好きな印象の崎山にしては意外に思える発言だった。

「崎山さんもですか。やっぱり使い慣れないと、いくらAIでも遺漏とか出ますよね」

「いや、わたしは割に機械を信じている方でしてね。人間側の処理に間違いがなければ、機械がそうそうミスをするはずがないと思っているクチなんです。不安は、むしろその先にある」

「どういうことでしょうか」

「人工であっても知能です。知能というのは基本的に学習意欲を持っているものです。現時点よりは未来、更にはその先に。実際、開発されるAIの多くは学習機能とともに探求心をプログラミングされていると聞きます。これはまあ、その世界で飯を食っている知り合いの受け売りですけどね」

「まさかAIが暴走を始めるとかいう話ですか」

「……やはり高遠寺さんのSF観というのは古色蒼然《そうぜん》としていますね。いえ、AIではなく人間側の問題ですよ。人間というのは機械に比べて、はるかに怠惰な生き物だと思うんです」

崎山は胸元からスマートフォンを取り出した。

「例えばこのスマホ、通信にも記録にも、そして娯楽にも欠かせない存在になっています。あまりに便利なので、もう手放す気にはなれないでしょう」

「確かにスマホがなかったら、何もできません。下手したら電車の乗り継ぎもスムーズにできるか怪しいところです」

「もしAIが判決文の作成どころか、その骨子を考えてくれるまでレベルアップしたと仮定しましょう。それで日常業務が事足りる。累積していた案件が次々に片付いていき、しかも検察側から異議が全く出ないとなれば、進んで膨大な資料に目を通し、徹夜してでも判決文を書こうとする裁判官が果たして何人いるのか」

崎山の言わんとすることを理解して、円はぞくりとした。

「ええ、そうなんです。AIがスキルを上げれば上げるほど、怠惰な人間は身体を動かすのを渋るようになり、遂《つい》には考えることさえ放棄するようになる。切実な問題が発生しない限り、その流れは延々と続く。そして悲しいことに、怠惰という点ではわたしも高遠寺さんも例外ではないのですよ。おそらくは他の裁判官たちも」

「まさか、そんな。少し考えが極端過ぎますよ」

「若い人たちがケータイで『あけおめ』をするようになってから、年賀はがきの売り上げは年々激減しているそうです。そういう状況を考え合わせると、わたしには少しも極端には思えません」

2

その日、東京高裁第一刑事部総括判事の寺脇貞文《てらわきさだふみ》は胃痛に苦しんでいた。胃痛の原因にはおおよそ見当がついている。久しぶりにストレスが溜まり始めたに違いない。この、重く横隔膜にまで滲《にじ》むような痛みは紛れもなくストレスからくるそれだ。

思えば公判を担当していた頃、胃痛には定期的に苦しめられた。日々、怒濤《どとう》のように押し寄せる案件とプライベートな問題の板挟みとなり、気の休まる間もなかった。退官まであと四年となった時、命じられたのが部総括の仕事だ。部総括判事となれば法廷に臨むことは少なくなる。代わりに長官、地裁や家裁の所長との間で人事に関する連絡を取り、己《おの》が部に所属する裁判官や書記官を監督する職務を負うことになる。他にも新人判事補の指導にあたる時もあり、閑職とは言いがたい。

　ところがいざ就任してみると、存外に部総括の仕事は肌に合った。被告人の罪状を決めるより裁判官の将来を決める方が気楽だなどと言うつもりはないが、就任以来胃痛に悩まされることはなくなったので、やはりどこかで無理をしていたのだろう。

　お蔭でここしばらくは平穏が続いてくれた。このまま退官日まで静かに過ごせればと思っていたところ、本日の呼び出しと相成った。

　寺脇を呼び出したのは東京高裁長官の高村貢賢《たかむらこうけん》だった。高村の部屋に呼ばれるのは初めてではないが、それでも緊張する。しかも今は異動の時期からも外れている。

　不吉な予感がした。

　久しぶりの胃痛は、これから告げられることの凶兆にも思えた。でなければ、こんな風に胃が重たくなるものか。

　長官室の前に立つと、普段より威圧感があった。

「寺脇、参りました」

「どうぞ」

　ドアを開けて驚いた。窓を背にして高村が座っているのはいつも通りだが、その前には先客が立っていた。

東京高裁事務局長の荘川《しょうかわ》だった。

「おはようございます、寺脇部総括」

荘川は万事承知しているとでもいうように畏《かしこ》まっている。

「忙しいところをすまない」

寺脇は訳も分からぬまま、荘川の隣に立つ。

高村は最高裁総務局長、最高裁事務総長と歴任し、昨年から東京高裁の長官を務めている。肉が削《そ》げ落ちた頬、薄い眉と唇。そして狭い眉間《みけん》。元より悪相だが、今は不機嫌であるのを隠そうともしていない。

どうやら不吉な予感は的中しつつあるらしい。

「呼んだのは他でもない。部総括に通達がある」

まさか退官前に降格でも食らうのか。頭をフル回転させたが、処罰されるような覚えは何もない。

「東京高裁管内の地裁及び家裁の本庁を対象として、中国から技術協力の申し入れがあった」

すぐには思考がついてこなかった。

「技術協力。いったい何の話ですか」

「部総括が呆気《あっけ》に取られるのも無理はない。実は先に荘川事務局長にも同じ内容を説明したが、最初はやはり面食らった様子だった」

荘川はと見れば、彼も少し困ったような顔をしている。

「そもそもは外交政策の一環なのだ」

高村はひどく忌々《いまいま》しそうに切り出す。

「日中関係が戦後最悪になっているのは承知しているだろう。別に隣国と蜜月になる必要はないが、角突き合わす必要もない。不要な摩擦は避けるのが外交というものだ。それで外務省が内閣府と協調した」

「どうして、そこに内閣府が割り込んでくるんですか」

「内閣府の肝煎《きもい》りで始められたクールジャパンというのを憶《おぼ》えているか」

まだ耳に新しいので、寺脇もさすがに忘れていない。日本の文化やポップカルチャーなど、外国人が魅力的と捉えているものを発信し、日本の経済成長につなげるとかいうブランド戦略だ。ただし、鳴り物入りで始められたものの、その成果は芳しくない。

マンガ・アニメ、食、ファッションなどの輸出を支援する官民ファンドが立ち上げられたが、産業革新機構が投資した事業が成果ゼロのまま次々に打ち切られ、しかもその株式が民間企業に極めて廉価で売却されていると聞いている。中には二十億円以上の損害を計上した案件もあるという。

「お堅い政府がカルチャーに手を出しても碌《ろく》なことにならない好例だ。だが好例で済まされるにはいささか税金を使い過ぎた。このまま損害を垂れ流していては野党から追及される。かと言って全事業を畳んでも四の五の言われる。進退窮まった内閣府が、同じく泥沼状態になった日中関係に活路を見出《みいだ》したい外務省にある提案を持ち掛けた。それが日中両国間における技術交流だ」

高村は吐き捨てるように言う。

「日本からは著名なアニメスタジオのスタッフが、中国からは最新のＡＩソフトを開発した技術陣が相手国に赴き、技術協力を行う。クールジャパンを捨てきれない内閣府は何とか面目を保ち、外務省もまた民間レベルでの交流を後押ししたという実績を作れる。双方の利害が一致、めでたしめでたしという訳だ」

「先方の開発したＡＩソフトの供給が東京高裁管内の地裁及び家裁の本庁を対象としているのは何故《なぜ》ですか」

「彼らが開発したソフトの正体は『ＡＩ裁判官』だ」

中国が司法システムにＡＩを導入している件は寺脇も承知していた。世界一の人口を抱えた一党独裁の国だからこそ実行できた、特異な例だと認識している。ただし昨今ではエストニアのような人口の少ない国でも採用していると聞き、寺脇自身が惑っていた。

「こちらのアニメと交換される技術が司法システムの一部だというんだ。ずいぶん、日本の司法も軽く見られたものだ。概要を聞けば、何と判決文まで作成してくれる、大層画期的なソフトだそうな」

「まさか長官、その『ＡＩ裁判官』を本気で現場に導入されるおつもりですか」

「それを決めるのは現場の役目じゃないのかね」

高村は何を今更という口調で返す。

「あくまで先方が技術協力をしたいと申し入れているかたちだ。提供される技術の精度を吟味し、どこからどこまでを使用するかは現場が判断するしかあるまい」

言い得て妙だと思った。運用は現場に任せる。言い換えれば、高裁トップは積極的に取り入れるつもりはないが、敢《あ》えてそれを表明するつもりもない。全ては現場の実情に委ねるという、体《てい》のいい批判躱《かわ》しではないか。

「国によって司法の在り方は大きく異なる。情けないことに、政治体制によって司法が歪《ゆが》められるケースも少なくない。我が国の司法が国民から信頼を得ているのは三権分立の大原則があり、尚且《なおか》つ裁判官一人一人の切磋琢磨《せっさたくま》が根底にあるからだ。ＩＣチップ数枚が裁判官一人の知見に取って代われる国と同等に捉える訳にはいかん」

暗に彼の国の司法システムを批判しているようだが、寺脇も似たような感想を抱いているので拒否反応は覚えない。それよりも中国発のＡＩ裁判官なるものの内実が気になる。

もっとも高村の怒りの矛先は中国ではなく、高裁に面倒ごとを押し付けてきた内閣府と法務省に向けられているようだった。

「因《ちな》みにどういう経緯で東京高裁管内の地裁及び家裁の本庁が対象にされたかは、わたしにも説明がなかった。従って部総括の質問には答えられない」

突き放すような物言いが、高村の怒りを物語っていた。

「本来、テストケースというのであれば地方の裁判所に持ち込むのが筋だと思うのだが。省の考えはよく分からないな」

「運用はいつからですか」

「一応、来月からと聞いている」

「急な話ですね」

「それほど急でもない。実際に現場に投入される前に、先方の技術陣を迎えてレクチャーを受けれている。同時に、その判断は高裁管内の地裁と家裁本庁に及ぶため、高裁局長との調整も必要になってくる」

先に荘川が呼ばれていたのは、それが理由か。言い換えれば事務方トップの荘川と部総括の寺脇が歩調を合わせていれば、そうそう内閣府や外務省の思惑通りに事は進まないという意味だ。

「ただし、遠路はるばるやってくる技術陣には、くれぐれも失礼のないように。何か質問はあるかね」

「ありません」

「以上だ」

そう告げるなり、高村は二人に背を向ける。用は済んだので、さっさと出ていけという意思表示だ。

寺脇と荘川は一礼の後に部屋を退出する。

先に話し掛けてきたのは荘川だった。

「お察しします」

「部総括はただでさえ多忙だというのに」

「ただの調整役ですよ」

「高裁だけならともかく、高裁管内の本庁全部では、いくら寺脇判事でも身が持ちますまい。まあ、それはわたしも同様なのですが」

荘川は、いかにも荷が重いというような顔をする。

「事務局長はどうなんですか。その、中国からの技術協力について、どうお思いなんですか」

「わたしは別に新しいものが嫌いじゃないのですよ。技術革新には諸手《もろて》を挙げて賛同したいし、スマホはしょっちゅう機種変更する人間ですからね」

「では」

「しかしながら一党独裁の社会主義国というのは全く新しくない。従って、その国から生み出されるテクノロジーが真に新しいかどうかは、現物に触れてみないことには何とも」

荘川も懐疑派だったか。

「いずれにしても、有益ならば取り入れ、そうでなければオフィスの隅にでもうっちゃっておけばよろしい。ＡＩなどと大層な物言いだが、実際は文房具の一つでしかない」

清々《すがすが》しいまでの割り切り方だが、今のは荘川が自分自身に向けた毒舌ではないかと思えた。


中国からの技術陣が東京高裁に姿を見せたのは、それから一週間後のことだった。

「はじめまして。北京智慧創明科技の楊浩宇です」

やってきた技術陣は男性二名と女性一名。そのリーダー格が楊らしい。四十一歳という触れ込みだが、童顔なので二十代でも通用しそうだ。

「東京高裁第一刑事部総括の寺脇です」

楊が握手を求めてきたので握り返す。冷たく、骨ばった掌だった。

「中日国交に協力できて、とても光栄です」

ややアクセントに癖はあるものの、流暢《りゅうちょう》な日本語だった。

寺脇は他の二人が引く特大のキャリーカートに目を奪われる。とても持ち歩く容量とは思えない。

「このケース二つにわたしの可愛《かわい》い子どもが積み込まれています。図体《ずうたい》が大きいので分割するより運びようがありませんでした」

「あなたの子ども、ですか」

「一応、チームはありますが、主に開発したのはわたしです。こちらの二人は助手に過ぎません。わたしの子どもも同然です」

楊はあっけらかんと己の功績を誇示する。それが民族性なのか楊個人の特性なのかは判断がつかない。

寺脇は三人を十五階にある刑事訟廷事務室へと導く。中国側が要求する広さが確保できるスペースはそこにしかなかったからだ。裁判記録の保管庫とも近く、必要条件のほとんどを満たしている。事務室には既に荘川が待機しており、二人で楊たちの作業を見守る羽目となった。

「それでは早速、組み立てます」

言うが早いか、楊は二人の助手とともにキャリーカートを開ける。中には大小のユニットが整然と並んでいた。寺脇はただ彼らの手の動きを見ているより他にない。

十数分もすると、組み立てが終わった。左右対称ではなく、それぞれ大きさの異なる四つの筐《きょう》体《たい》が横に並んだ形状をしていた。大きさは書記官用の事務机をふた回りほど小さくした印象だ。どこかで目にした記憶があるが、すぐには思い出せない。

「〈法神2号〉です」

楊は誇らしげにその名を告げた。「法の神」とはよく名付けたものだと感心するが、この臆面なさも民族性ゆえなのか楊個人の特性なのかは判断がつかない。

「判決に必要な書類作成や資料集めをたちどころに実行してくれるんですよね」

「それは機能の一部、とてもわずかな一部でしかありません」

楊はここがプレゼンの場とでも捉えたのか、矢庭《やにわ》に声を大きくした。

「〈法神〉はただ資料を検索したり文書を作成したりという陳腐なソフトではありません。裁判官一人一人の法理論に沿った判決文を自動的に作成してくれるのです」

すぐには理解が追いつかない。だが楊は寺脇や荘川の当惑など知らん顔で説明を続ける。

「裁判の争点となる重要な要素を抽出し、過去の判例がどんな評価を下したかをケース毎《ごと》に分類します。そして担当する裁判官の特徴をタイプ分けし、彼が下すであろう判決を予測してしまうのです」

「ちょっと待ってください」

思わず寺脇は声を上げた。

「今の説明ですと、つまり文書作成というレベルではなく、ＡＩ自身が判決を下すように聞こえたのですが」

「少し違います。〈法神〉が独自に判決を下すのではなく、担当裁判官が下すであろう判決を事前に予測するのです。もちろん、各裁判所の量刑実施の上の相違点、また法律・法規の変更に関してもリアルタイムに対応できます」

「いや、理屈は分かるのですが、裁判官の内面までＡＩが模倣できるものなのでしょうか」

「〈模倣〉ではなく、〈再現〉です」

楊の口調はいささかも揺るがない。

「裁判官が過去に書いた判決文と習慣をデータベースに落とし込んでいけば、彼の思考法は容易にアルゴリズムに変換できます。チェスや将棋の世界ではとっくの昔に完成されたテクノロジーなのに、どうして裁判だけが不可能だと考えるのか、その方が不可思議ですね」

裁判の判決をチェスや将棋と一緒にするな――そう考えた次の瞬間、チェスや将棋の世界は法理論と同等若《も》しくはそれ以上に緻密で難解な理論が支配している事実に思い至った。違いは人の運命がかかっているかどうかだけだ。

「もう説明の必要はないでしょう。この〈法神〉を導入して、過去の判例を落とし込みさえすれば、もう一人の裁判官が誕生します。このＡＩ裁判官は実在の裁判官と同じ思考回路、同じ道徳規範、同じ倫理観を獲得しています。従って、事件のストーリーと物的証拠をデータとして入力すれば、彼が下す判決をそのまま判決文として出力してくれます。もう、本物の裁判官が山積する事件に忙殺されたり、長時間かけて判決文を作成したりする手間は完全に解消されるのです」

ここに高村がいたら、いったいどんな顔をするだろうかと想像した。おそらく前回以上に不愉快な顔をするか、それとも憮然《ぶぜん》とした表情をするかのどちらかだろう。

楊のプレゼンが終わると、寺脇は荘川とともに事務室を出た。顔色を見る限り、荘川も説明された〈法神〉の機能に当惑している様子だった。

「どうしますか、寺脇部総括」

「どうもこうも、今から〈法神〉を即導入するのは、現場の抵抗が予想されます」

「道理ですね。いくら自分のダミーだからと言って、判決文の代筆を承諾するような裁判官はおりますまい」

「同感です。しかし楊氏の技術協力を受け容れるのは、長官も承諾済みの既定路線です。まさか全く無視する訳にもいきません」

「でしょうね。では、どうしますか」

「取りあえず、地裁の過去の判例を再検証させてみるのはどうでしょう。当該裁判官と事件のデータを入力させ、〈法神〉が実際に下された判決と同じ結論に至るのかどうか。それで〈法神〉のパフォーマンスが如何《いか》ほどのものかが測れますし、現行の案件に影響することはありません」

「なるほど、AIの試用期間という訳ですか。事務局としては異存ありません。過去の記録を提供するだけで済みますからね」

　現場での裁量は高村から一任されている。事務局長の荘川の同意が得られたのであれば、しばらくは己の立てた方針でお茶を濁すことができる。

　寺脇はほっと胸を撫で下ろしたものの、それがいつまで持続できるかは見当もつかなかった。

　そして唐突に思いついて、あっと叫びそうになった。

〈法神〉の筐体を四つ並べた非対称な形状。

　あれは最高裁の外観に瓜《うり》二つだったのだ。

3

あくる朝、円は東京高裁十七階にある部総括の部屋に急いでいた。登庁した途端、部総括から東京高裁に出向くよう電話で指示されたのだ。

面会に指示された相手が刑事部総括の寺脇貞文だったので二度驚いた。寺脇は円が新任判事補だった頃の指導官でもある。懐かしさとともに、呼ばれた理由が分からないのが不安でならない。高裁の部総括は判事の人事にも携わっているので、事によると転勤の内示かもしれない。

不安を抑えつつ、部屋の前に立つ。深呼吸を一つしてから慎重にドアをノックする。

「どうぞ」

部屋に入ると、机に積まれたファイルの山にまず目を奪われた。失礼なことに部屋の主に視線が移ったのは一瞬後だ。

「ご無沙汰していますっ」

「本当に久しぶりだな」

寺脇は懐かしげに笑いかけてきた。しばらく会わなかったが、眩《まぶ》しそうな笑顔は以前のままだ。

「同じ合同庁舎なのになかなか顔を合わせないですね」

「部署が違うというのは、そういうことだよ」

今でこそ寺脇は柔和な顔を見せるが、円が新任判事補の頃には鬼のように恐ろしかった。

「それでも君の話はこちらにも洩《も》れ聞こえてくる。東京地裁では新進気鋭という言葉が一番似合う判事補だと、もっぱらの噂《うわさ》だ」

　ここは恐縮する場面なのだろうが、あの鬼指導官の口から出た言葉とは到底思えない。

「何か言いたそうな顔つきだな」

「ご指導いただいた時の記憶が強烈なので、そんな風に褒められると騙《だま》されているみたいに思えます」

「わたしが君を騙して何の得がある」

「……あまりないですね」

「新任判事補を厳しく指導するのは慣例みたいなものだからな。ただ君に関しては他の新補よりも更に厳しくあたったきらいがないとは言えない」

　思いがけない告白に、むくむくと反抗心が湧き起こった。

「それは、寺脇部総括がわたしを嫌っていたという意味でしょうか」

「逆だよ。いや、逆ではないか。とにかく立派な判事に育てなくてはと特別に気を遣った」

「何故わたしが特別だったのでしょうか」

「これは初めて打ち明けるが、わたし自身が今は亡き高遠寺静判事に手厚く育てられたからだ」

　祖母の名前を聞いた刹那《せつな》、ああまたかと思った。裁判所の中で己のあずかり知らぬ話を聞かされる時は大抵祖母が絡んでいる。

「わたしが新任判事補だった時の刑事部総括が彼女だった。あの人は並みいる先輩たちの中でも特に厳しくてね。八咫《やた》の鏡のバッジをつける者には相応の資格と鍛錬が必要なのだと、我々新補に何ら容赦なかった」

「分かります。家の中でもそうでしたから」

「だが厳しい指導を厭《いと》う者はいなかった。何故なら高遠寺静判事ご自身が克己《こっき》の人だったからだ。実際、あの人から薫陶を受けた者は例外なく立派な裁判官になっている。確か檜葉さんもそうだったな」

「わたしも祖母を尊敬していますけど、どこに行っても同じ話を聞かされるので少し飽きてきました」

「それだけの傑物だったのだよ。身内だからと言って謙遜する必要はない。あまり謙遜されると仕事を頼みづらくなる」

ようやく本題に入ったらしい。してみればこれまで祖母を称賛していたのは、円に断りづらくさせるための策略だったのかもしれない。

「これを手伝ってほしいんだ」

寺脇が示したのは、机上に山積されたファイルだった。

「書類整理ですか」

「そんな雑用なら、わざわざ君を呼んだりしない」

「失礼します」

手近にあったファイルに手を伸ばしてページを開く。

「過去の裁判記録ですね」

「ああ、ここ五年間、東京高裁管内の地裁及び家裁の本庁で扱った案件の記録だ。もちろん全部ではない。ある条件の下で抽出したものに限られている」

寺脇は、まず中国から技術協力の申し入れがあった事実から話し始めた。クールジャパンの展開に失敗した内閣府と日中関係に活路を見出したい外務省の利害が一致し、日中間の技術交流が決まったこと。そして中国から提供される技術が「ＡＩ裁判官」であること。

概要を聞き終えた円は意外な感に打たれる。これはデジャヴか、それとも同時代性というものか。円がロボット裁判官の記事を目にしたのは、ほんの数日前だったのだ。

「偶然、似たような話を記事で読みました。それはエストニアの話だったんですけど」

「司法システムにＡＩ技術を導入する試みでは中国が最先端を走っているらしい」

「いささか性急過ぎる気がします」

「民主主義の国にいれば、それが当たり前の感覚だ。かの国とは政治体制も思想も異なる」

「過去の判例を再検証させてみるということでしたね。この山積みになった裁判記録がその対象ということですか」

「ああ。当該記録の判決と〈法神〉の下した判決が同じ結論に至るのかどうかを検証する。だがその前に、事件を担当した裁判官と事件のデータを入力する必要がある」

「わたし、文系の人間で」

「気が合うな。わたしもだ」

「どうして、わたしなんかを指名されたのですか」

「新任判事補時代、君が誰よりも裁判記録を読み込んでいたのは知っている。初公判から結審に至る流れで要点をピックアップするのは得意だっただろう」

要点の抽出は新任判事補時代によく試された。懸命に取り組んだ末に出せた成果だが、しっかり記憶されていたらしい。

「要点さえ分かればデータ化するのも速い。君ならできると見込んだ」

「買い被《かぶ》りだと思います」

「過ぎた卑下は、君を見込んだわたしへの侮辱になるぞ」

断りようのない言葉で相手を自分のペースに乗せていくやり方は相変わらずだった。円の側に拒絶の意思はない。それどころか新補の頃に世話になった寺脇に恩返しをする絶好の機会だと思った。

「承知しました。お手伝いさせていただきます。ただ、部長にお訊きしたいことがあります」

「何だね」

「既に中国ではＡＩ裁判官が導入され、相応の成果を上げていると聞いています。もし今回の検証を経て日本でも導入可能となった場合、法務省は部分的にでも導入を決めるのでしょうか」

問われた寺脇は虚を衝《つ》かれたような目でこちらを見る。恩師を動揺させてしまうのは申し訳なく思ったが、確かめない訳にはいかない。

「提供されるＡＩ技術が有用かそうでないかは現場で判断しろとのお達しだ」

「じゃあ、わたしたちに選択権が与えられているんですね」

「それは早計に過ぎるな。判断は現場に任せても、決定するのは上だ」

「どういう意味ですか」

「『有益ならば取り入れ、そうでなければオフィスの隅にでもうっちゃっておけば』いい。技術交流は拒絶しないが、かの国のシステムを無理やり導入する義理はない。君も既に多くの案件を扱っている。その上で訊くが、公判手続きをＡＩ任せにすることに抵抗はないか」

試されていると思ったので、しばらく考えを纏めてから口を開いた。

「東京高裁管内の裁判所は、どこも案件過多で担当者が悲鳴を上げていると聞きました。書類作成や資料集めくらいは効率化を目指した方がいいと考えます」

「模範解答だな。わたしも効率化は必要だと思う。裁判所に勤める職員や裁判官が如何に有能でも夥《おびただ》しい物量の前ではパフォーマンスが減衰する。事務作業の効率化は喫緊の課題でもある。しかし一方、我々の仕事は人の運命や国の在り方を左右してしまうものだ。パフォーマンスの向上、人件費の削減といった経済的要因で論じていいものかどうか」

人や国家の未来を秤《はかり》に載せられたら、大抵の設問は無意味になる。円も返事に窮する。

「何も君を責めているのではない。正直、わたしもどの領分まで効率化を進めていいのか手探り状態なのだよ」

寺脇は途方に暮れた顔で髪をまさぐる。かつての指導官がこれほど惑う姿を見るのは初めてだった。

「君は同期の中でも言葉を選ばない新補だった」

「あの頃は、その、学生気分が抜けなくって」

「今でもずけずけとものを言っているらしいじゃないか。まあいい。とにかく手探りしながらの作業だ。不安な点、疑問に感じた点はその場で言ってくれて構わない。妙な遠慮は無用だ」

「ただ、わたしにも抱えている案件がありまして」

「無論、審理が優先する」

「部長が仰《おっしゃ》るなら今日からでも」

「いや、作業の前にレクチャーを受けなければならない」

寺脇は面倒臭さを隠そうともしない。円に本音を伝えて吹っ切れたからだろう。

「AI裁判官の開発元、北京智慧創明科技から当の開発者がレクチャーに来ている」

「へえ。ソフトと取説だけあれば充分な気がするんですけど」

「名目は技術交流だから技術者とソフトでワンペアだ。わたしもデータ入力の方法はまだ説明を受けていないから、君も同席すればいい」

「通訳も同席ですか」

「開発者は楊浩宇という男で流暢な日本語を喋《しゃべ》る。通訳はなしだ」

「じゃあレクチャーと言っても、ずいぶんシンプルなんですね」

「どうかな」

寺脇は意味ありげに虚空を見る。

「開発者もソフトも一筋縄ではいかなそうだぞ」


その日の午後、早速円は寺脇とともに十五階の刑事訟廷事務室を訪れた。

「はじめまして。楊浩宇です」

楊を見た第一印象は、自信に溢《あふ》れた技術屋というものだった。

「はじめまして。東京地裁刑事部の高遠寺円です」

「日本の司法に貢献できて、大変嬉《うれ》しく思います」

己の開発したシステムが、この国でも間違いなく有用だと信じきっている様子だ。開発者というのは誰もがこんなに自信満々なのだろうかと、少し羨ましくなる。

彼の立つ傍らには事務机ほどもある筐体が鎮座している。これが話に聞くＡＩ裁判官〈法神〉らしい。じっと見ていると開発者同様、筐体からも威圧感が漂ってくる。

楊と〈法神〉を代わる代わる観察していると寺脇に肘で小突かれ、ようやく我に返る。

「このＡＩ技術は何人のスタッフで開発したんですか」

「二十四人のチームですが、わたしがプログラミングから始めているので、実質わたし一人で開発していますね」

謙遜とは程遠い態度はむしろ清々しくさえ見える。円には到底真似《まね》できそうにない。

「楊さんはＳＥなんですよね」

「そうですよ」

「法律というのはどの国でも単純なものじゃありません。プログラミングするにも専門的な知識が必要なのじゃありませんか」

「そういう心配でしたか」

楊はこちらの思惑を軽視するように言う。

「中国の法律はそれほど複雑でも難解でもありません。もちろんＡＩ開発に比べればですが。法律の専門家でもない者が開発したＡＩソフトを日本の司法に導入することに不安があるのですね」

「そういう訳では……」

「プログラミングする前に、法律については司法試験に合格する程度には習得しています」

これまた恐ろしいほどの自負が炸裂《さくれつ》し、円は一歩退きそうになる。

「でも国が違えば、法律体系もずいぶん違ってくるのではありませんか」

「高遠寺さんはご存じありませんか。現在の中国の法律は、部分的に日本の民事法を取り入れているのですよ」

初耳だったので狼狽《うろた》えてしまった。すかさず横にいた寺脇が間に入ってきた。

「無論、承知しています。二〇〇六年、そちらの国務院が民事訴訟法等の改正にあたって、我が国に支援要請されました。それを受けて法務総合研究所国際協力部がＪＩＣＡ（独立行政法人国際協力機構）と連繋《れんけい》しながら、翌年から民事訴訟法及び民事関連法の立法を支援していますね」

「ええ、従って国は違えど法の根幹についての共通理解があります」

「でも、それは民法の話ですよね」

「言われる通り、刑法の成り立ちは民法と少々違います。ただ、民法と同様に刑法についても大きく見直す必要がありました」

楊はまるで諳《そら》んじているように語る。ＡＩ開発のみならず法律にも精通しているのは嘘《うそ》ではないようだ。

「少し前まで、中国では司法試験に合格しなくても、軍人や役人が裁判官として任官されていて、法的な知識がない者も多く存在していました。恥ずかしい過去です。素人《しろうと》の裁判官だから間違った判断をしたりコネによる判決や地元優先の不当な判決を下したりする者も多かったのです。当然、公平性や信頼性は望めません。そこで司法試験による登用を厳密にする一方、法律の体系をシステマティックにする試みに着手しました。ＡＩ技術の導入はその一環なのです」

話の方向が微妙にずれていくことに気づき、円は最初の疑問を再度投げかけてみる。

「日本と中国では、民法に関して共通した概念があるのは分かりました。では刑法はどうなのですか」

「行為の違法性を審理するのは同じですね。ただし質と量の関連については日本の刑法と大きく違いがあります」

「質と量。具体的にどういう関連ですか」

「日本の法律では犯罪行為を質の面だけで捉えています。一元、いや日本では円ですか。たとえば日本では一円でも盗めば窃盗罪ですよね。金額が一万円でも一億円でも、やっぱり窃盗罪が適用される。つまり日本の法律は行為自体が犯罪の成立で問われ、その規模については基本的に量刑で問われます。しかし中国では事情が違います。行為そのものと、犯罪の規模についても重視されます。もっとはっきり言ってしまえば、大金でない限り盗んでも犯罪にはならないのです」

これも初耳だったので驚いた。

「犯罪成立の要件が異なると言ってもいいでしょう。その行為が社会に与えた現実的な影響に着目している訳です。一円でも盗めば窃盗という考えは同じですが、被害が軽微であった場合は違反行為であっても犯罪にはならないのです。中国の刑法第二六四条、窃盗罪の条文では『窃盗とは公私の財物を盗むこと』と定義した上で細則を設けています。
・その額が比較的多額であるか、又は数回にわたって窃取した場合は、三年以下の懲役、拘留又は管制に処し、罰金を併科し又は単科する
・その額が巨額であるか、又はその他の重い情状がある場合は、三年以上十年以下の懲役に処し、

罰金を併科する
・その額が特に巨額であるか、又はその他の特に重い情状がある場合は、十年以上の懲役又は無期懲役に処し、罰金又は財産の没収を併科する」
暗記しているのか、条文が立て板に水といった具合に口から溢れてくる。様子を見ていた円は子どもじみた対抗心を燃やす。

「金額の多寡《たか》で罪状に差異が出るのは分かりましたが、そうなると裁判官の胸三寸で刑罰が決まってしまうということですよね。法律の体系をシステマティックにするという主旨には反するような気がするのですが」

「胸三寸とは、胸の大きさのことですか」

一瞬セクハラだと思ったが、単純にこの語を知らないのだと気づく。

「独自判断という意味です」

「それなら心配には及びません。ちゃんと最高法院によるガイドラインがあって、金額が『比較的多額』は五〇〇〇から二〇〇〇〇元、『巨額』は五〇〇〇〇から二万元、『特に巨額』は三万から一〇万元と解釈されています」

五〇〇〇元は日本円で約八一八〇〇円、三万元だと約四九万円になる。四九万円が特別に巨額というのは違和感があった。

「もちろんこれは一つの目安に過ぎず、事件発生場所の所得水準によって微調整がされます。また五〇〇〇元が巨額というのは現在のレートではいささか古い基準であることも否定できません。しかしいずれにしても、中国では五〇〇〇元未満を盗んでも刑法上の窃盗罪にはならないのです」

「中国の刑法が質と量両方を基底にしているのも、量的な判断が厳格であるのも分かりました。しかし日本の刑法と法の精神に相違がある以上、同じＡＩソフトを導入するのは問題がありませんか」

「ありませんね、全く」

楊はどう説明するか考えあぐねているようだった。出来の悪い生徒を前にした教師の振る舞いに似て、円は甚《いた》く自尊心を傷つけられる。

「〈法神〉はそんなに硬直したＡＩではなく、どの国の法律にも適応できるフレキシブルさを誇っています」

楊は〈法神〉の筐体を愛《いと》おしげに撫でてみせる。

「来日する前から日本国憲法をはじめとした六法全文を読み込ませています。この国の法律の基本概念は既に習得済み。後はあなたたちの運用次第ですよ」

尊大とも思えるほどの自信に裏打ちされた挑発なのは明らかだ。だが子どもじみた対抗心が冷静さを圧していた。

「ご丁寧な説明、どうもありがとうございました。じゃあ、裁判記録のデータ入力についてレクチャーしてください」

「お安い御用です」

どうも楊はその都度、日本語を使い分けしているような気がしてならない。

「とても日本語がお上手ですね。どこで習ったんですか」

「北京大学には創立七十年を誇る日本語学科があります。優秀な日本人講師も教鞭《きょうべん》を執っています」

円たちへの配慮か、楊はいったん持ち上げる。だが、それで終わらなかった。

「もっとも、わたしにとって一番優秀な講師は日本のアニメでしたね。だからわたしの開発したAIソフトと日本のアニメーション技術の交流と聞いた時、大いに賛同したのです」

楊による入力の説明が始まったが、その内容は要を得たもので円にも分かりやすかった。結局、円と寺脇はものの一時間ほどでレクチャーを終了することになった。

「二人とも呑《の》み込みが早いので助かります。さすがに日本の裁判官さんですね」

これまでのやり取りがあるので、円は素直に頷けなかった。

「基本フォーマットはこれで充分でしょう。もし不明な点やアクシデントが発生したらわたしの手機《ピンイン》（ケータイの意）に連絡してください。すぐに駆けつけます」

楊は合同庁舎から一キロほどしか離れていない第一ホテル東京を塒《ねぐら》にしていると言う。同ホテルは円も宿泊サイトで検索したことがあるので知っている。一泊七万二〇〇〇円。政府が招いた来賓にすればビジネスホテルのような感覚なのだろうか。

楊の退室した後、部屋には饒舌《じょうぜつ》の余燼《よじん》が漂っていた。

「彼の日本語、流暢なんてレベルじゃありませんでしたね」

「北京大学日本語学科の講師とアニメに敬意を表するべきかな。わたしと挨拶した時には本調子じゃなかったのかもしれない」

「部長の仰る通り、一筋縄ではいかない人物みたいですね」

「人物だけじゃなくて、こいつもだ」

寺脇は〈法神〉を不審そうに見下ろす。

「あれだけ言葉を重ねて説明されたら普通は納得するものだが、却《かえ》って疑わしさが増した。何故かな」

「開発者本人が疑わしいからですよ、きっと」

「楊氏にはあんまりな言い方だが否定はできんな」

寺脇は手近にあった椅子を引き寄せて腰を下ろした。

「敢えて彼は言及しなかったのかもしれないが、中国で刑事・民事、国家機構等に関する基本的法律を制定するのは全国人民代表大会、所謂《いわゆる》全人代。そして司法解釈については、最高人民法院と最高人民検察院で制定される」

「一応、立法府と司法が分立している訳ですね」

それなら安全ですねと言いかけたのを、寺脇が遮《さえぎ》った。

「わたしなりに向こうの司法事情を漁《あさ》ってみた。重要な法律が制定された場合は、その実施細則にあたる部分が司法解釈として制定されるのが通例となっている。それはいいとしても問題は、法令の修改正や廃止に躊躇《ちゅうちょ》しない点だ。現に中国民法典が二〇二一年施行されるに先立って、前年末に最高人民法院が一部の指導性案例の無効を通知している」

寺脇の説明によれば、指導性案例とは最高人民法院と最高人民検察院が司法実務の判断基準を透明化して公平性を波及させるために編集公表している裁判例のことらしい。日本で言えば判例にあたるものだ。

日本における判例は、同一趣旨の裁判が開かれた場合に同様の結論に至るのが期待される法的論理でもある（これを先例としての事実上の拘束力と呼ぶ）。つまり指導性案例の無効を通知するのは、該当する判例を一切否定するという意味になる。

「法を施行するにあたって、何か不都合があったということでしょうか」

「日本では法令が実状と乖離《かいり》を起こしている場合、解釈を通じて適応させている。だが中国では、実状に合致させるために廃止や修改正を行っている。言い換えれば結果ありきの法律、導きたい結論を保障するための修改正と言える。基本的法律を制定するのが全人代なら、立法も司法も時の権力者の意のままということになりはしないか」

「でも楊さんは、『この国の法律の基本概念は既に習得済み』と言っていたじゃないですか」

口にしてから、あっと思った。

「開発者本人が疑わしいと言ったのは君の方だぞ」

「あれは言葉の綾《あや》で」

「わたしには多分に偏見があるのかもしれない。しかしかの国の司法事情を知れば知るほど懐疑的になってしまう」

寺脇は少し訴えるような目でこちらを見る。

「わたしが偏見を持っているとしたら、君には余計にフラットな目を持っていてほしい。二人とも疑っていればシステムの陥穽《かんせい》は見抜けるだろうが、新たな知見を失うことにもなりかねない」

「個人的に、日本の司法は慎重なのが特長だと考えます」

「無論そうだ。だが世界も日本も日々変化し続けている。スピードは各々違っているがね。君のように若い判事がその流れに取り残されることが不安なのだよ」

寺脇は〈法神〉の筐体に手を伸ばす。楊のように愛おしげではなく、おっかなびっくりといった仕草だった。

「ただし流されるだけでは見逃してしまうものもある。難しいものだな」

4

習うより慣れろとはよく言ったもので、データ入力にまごついていた円も一時間も作業を続けていると次第に効率を上げていった。

裁判記録のデータ化とは詰まるところ法廷に提出された物的証拠と証言の数値化に他ならない。物的証拠や証言を重要度と信頼度の面から十段階評価にし、検察側と弁護側に遺漏や失点があれば減点していく。

そうして検察側と弁護側の得点を算出した上で有罪か無罪か、有罪ならば求刑との比較で何割減であったのかを評価する。また判決に補足意見や反対意見はあったのか、あったとすればどの程度判決に影響を及ぼしたのかを加点あるいは減点していく。

公判で発生した全ての事象をポイントとして数値化し、データに落とし込んでいく。すると同一の裁判官が判決を下す際、有罪と無罪の境界点が何ポイントであるかが弾《はじ》き出される。この作業を繰り返していくと、当該裁判官の倫理観や社会性志向がアルゴリズムに変換されていくという寸法だ。

「高遠寺君はすっかり作業に慣れたようだな」

様子を見にきた寺脇は感心したように言う。

「さすがにデジタルネイティブは応用力が違うな」

応用力とは言い得て妙だと思った。だが作業に慣れた本当の理由は、裁判記録の数値化がゲームで使用されるHP《ヒットポイント》の考え方に似ているからだった。まさか裁判記録をゲームと同列に考えているとは、口が裂けても言えない。

「一種の割り切り、でしょうか。作業を続けていると、血の通っているはずの裁判官が人間に思えなくなってきました」

「人間の倫理観をアルゴリズムに変換させようというのだから、非人間的になるのが当然なのだろう」

「能率が上がれば上がるほど、何だか虚《むな》しくなってきます」

「能率が上がるのはコツを覚えた証拠だ。それなら他の人間にも教えることができる」

いずれ裁判記録のデータ化と〈法神〉の稼働には他の判事補や書記官も投入される。寺脇と円は言わば先遣隊であり、作業に慣れた後は他の人間にレクチャーする側に回ることになっているのだ。

一時間もコンピューターの付属品となって作業を続けていると、相手がかつての指導官でも無駄口の一つは叩きたくなった。

「作業していて気づいたことがあります」

「何だ」

「以前から薄々言われていることですけど、やはり裁判官には個別の傾向が存在しますね。世間ではよく温情判事とか冷酷判事とか言うじゃないですか」

「重大事件は大きく扱われるからな。たまさかに同一の裁判官が続けて厳罰の判決を下すと、マスコミの好餌《こうじ》になりやすい」

「あれ、マスコミの風評だけじゃないんですね。こうして数値化していくと厳罰主義とそうではない傾向の裁判官に分かれます」

「倫理観は数値化が可能という、楊氏の言説は当を得ているということか」

寺脇は少し悔しそうに言う。

「理屈が正しいと腹が立つというのは不思議なものだ」

「同感です」

更に作業を進めたところで寺脇から声を掛けられた。

「判決文の自動書記を試してみるか」

「はい」

円は〈法神〉に近づき、事前に抽出しておいたサンプルのデータを入力する。

そもそも技術交流を事後承諾した上層部は、AI裁判官など文房具の一つくらいにしか捉えておらず、現場に導入したところで文書作成を代行させるのが関の山だと考えている。従って試行の第一段階は、判断に必要な過去のデータを全て取り込んだ上で〈法神〉が作成する判決文と実際に裁判長が認《したた》めた判決文に相違があるかどうかのチェックだった。

ヴゥウン。

スイッチを入れた瞬間、〈法神〉は低い起動音を上げる。鈍重な獣が目覚めた時の唸《うな》り声に似ていた。期待と不安を胸に、円は〈法神〉に直近の事案のデータを入力していく。わずか数分で取り込みは終了し、筐体からは入力完了の信号音が発せられた。

画面上の〈判決文作成〉をタッチすると、たちまち〈法神〉は判決文を表示した。

「すごい。あっという間」

円の声に寺脇も顔を近づけてくる。

試したのは二年前に千葉市内で発生した事案だった。

保育園の園長であった被告人は園児の登園のために送迎車を運転し、保育園に到着して園児を引率する際、園児全員が確実に同車両から降りたことを確認しないまま、ドアを施錠して立ち去った。そのため窓を閉め切った車両内に取り残された被害者を熱中症により死亡させたという業務上過失致死の事案だ。

担当した裁判長は勲尾文人《いさおふみと》判事。〈法神〉が作成した判決文は次の通りだった。

『主文

被告人を禁錮2年に処する。

この裁判が確定した日から3年間、刑の執行を猶予する。被告人に係る訴訟費用は被告人の負担とする。

（罪となるべき事実）

被告人は、千葉県千葉市中央区浜野町○○丁目○番○号の社会福祉法人○会○保育園の園長として、保育施設の適正な維持管理、安全管理及び職員の指導監督を行うなど同保育園の業務を統括管理するとともに、保育従事者として、園児の保育及び安全管理を行いながら、同保育園が園児送迎用に運行する幼児専用車を運転して同保育園に園児を送迎するなどの業務に従事していたものであるが、令和元年7月20日午前8時40分頃、同市中央区浜野町〇〇丁目〇番〇号の同保育園専用駐車場において、園児を送迎するために自ら運転して同保育園の園児であるB（当時5歳）を含む1歳児から5歳児までの園児9名を順次乗車させた幼児専用車を同駐車場に駐車させた際、当時屋外の最高気温が摂氏30度以上の真夏日が続いており、同日の同市内における天候は晴天で同日も真夏日となることが予測できた上、ドアを施錠し窓を閉め切った同車両内から自力で脱出することが期待できない幼児である園児を同車両内に放置すれば、直射日光等による同車両内の温度上昇により熱中症にり患して死亡するに至る危険があったのであるから、被告人において、同園児らを降車させて同保育園に引率するに当たり、同車両内に園児が残っていないかを点検して同車両に乗車させた園児全員が確実に同車両から降車したことを確認するなど、同車両に乗車させた園児全員の安全を管理すべき業務上の注意義務があるのにこれを怠り……』

「なかなか、らしく書けているじゃないか」

一読した寺脇は感心したように呟《つぶや》く。

「判決文特有の文体をどう料理するかお手並み拝見と思っていたが、見事に必要充分条件を満たしている。悔しいが大したものだ」

一般人にとって悪文の代表のように言われる判決文だが、作成する側には当然そうなる理由がある。判決文は曖昧な記述を極力排除する方向に意識が働く。自ずと説明過多の文章となり、どんどん平易から遠ざかっていくのだ。だが、そもそも判決文に文学的要素を求める方が間違っている。

「毎晩、四苦八苦して判決文を書いている身としては涙が出るほど有難いシステムですよ」

円は実感を込めて言う。ルーチン業務に追われるために判決文の作成が勤務時間内に終わらず、自宅に持ち帰るのは日常茶飯事だ。睡魔と闘い一言一句にまで気を遣い、呻吟《しんぎん》しながら判決文を書いていると、判事職は肉体労働ではないのかと思えてくる。こんな風に数秒で作成できるのなら、判事の職務形態は激変するのではないか。

「同感だ。これが日常化すれば判事の仕事はずいぶんスリムになる。時間外勤務が減少して、精神面でも体力面でも判事一人にかかるストレスは激減する」

「いいことずくめですよね」

「問題は、実際に裁判長が作成した判決文と、どれだけ乖離が生じているかだ。早速答え合わせをしようじゃないか」

言われて円は勲尾文人裁判長が作成した判決文を取り出した。

『主文
被告人を禁錮2年に処する。

被告人に対し、この裁判が確定した日から3年間、刑の執行を猶予する。被告人に係る訴訟費用は同被告人の負担とする。

（罪となるべき事実）

被告人は、千葉県千葉市中央区浜野町〇〇丁目〇番〇号の社会福祉法人〇会〇保育園の園長として、保育施設の適正な維持管理、安全管理を行うなど同保育園の業務を統括管理するとともに、園児の保育及び安全管理を行いながら、同保育園が送迎用に運行する幼児専用車を運転して同保育園に園児を送迎するなどの業務に従事していたものである。令和元年7月20日午前8時40分頃、同保育園専用駐車場において、園児を送迎するために自ら運転して同保育園の園児9名を乗車させた幼児専用車を同駐車場に駐車させた。その際、当時屋外の最高気温は摂氏30度以上の真夏日が続いており、同市内における天候は晴天で同日も真夏日となることが予測できた。それにも拘わらず、ドアを施錠し窓を閉め切った車両内から自力で脱出することができない園児を車両内に放置すれば、直射日光等による車両内の温度上昇により熱中症に罹《かか》り死亡するに至る危険があった。被告人においては、同園児らを降車させて同保育園に引率するに当たり、車両内に園児が残っていないかを点検して園児全員が確実に降車したことを確認するなど、園児全員の安全を管理すべき業務上の注意義務があるのにこれを怠り……』

両者を読み比べた円は短く感嘆の声を上げる。多少の違いはあれど、記述内容はほぼ同一ではないか。

「俄《にわか》には信じ難いな」

横から実際の判決文を読んでいた寺脇も驚きを隠さない。

「罪となるべき事実は、犯行の発生過程を時間に沿って記述するものだから、内容に大きな違いが出るはずもない。しかし作成者独自の言い回しや文体まで再現するとなると定型文云々の話ではなくなってくる。いや、本当に大したものだ。このレベルなら今日からでも活用できそうだ」

懐疑派から推進派へ掌を返したような反応に、思わず円は苦笑しそうになる。

笑えなかったのは、その寸前であることに気づいたからだ。

「部長」

わずかに語尾が震えた。

「ん。どうした」

「すみません。わたし、とんでもないことを忘れていました」

「だからどうした」

「さっき〈法神〉が弾き出した判決文ですが、実際に下された判決内容はデータに落とし込んでいません」

「何だって」

一瞬の沈黙の後、寺脇も円の驚愕《きょうがく》の意味を知ったようだ。慌てて〈法神〉が出した主文と勲尾文人裁判長作成の主文を比較してみる。両者の比較は円が先にしているので分かっている。

『主文
被告人を禁錮2年に処する。

被告人に対し、この裁判が確定した日から3年間、刑の執行を猶予する。被告人に係る訴訟費用は同被告人の負担とする。』

〈法神〉は実際に勲尾裁判長が下したものと完全に一致する判決を下したのだ。

「判決内容が未入力だったのは確かか」

「はい。最終弁論までのデータしか入力していなかったので」

「つまり」

寺脇の声は擦《かす》れ気味だった。

「過去のデータを読み込んだ〈法神〉が、勲尾裁判長が判決に至るまでの思考を完璧にトレースしたというのか」

「そういうことに、なります」

円の口の中も、からからに渇いていた。

「別のケースで検証してみよう。他に勲尾裁判長が担当した事案があれば、今と同じ条件下で判決内容を比較する」

寺脇の指示に従い、同じ二年前に成田市内で発生した事案を抜き出した。市内のカラオケパブ店内において、被告人が当時の交際相手である被害者の頸《けい》部と胸部を刃物でメッタ刺しにして死に至らしめた事件だ。急いで裁判記録を精査し、提出された証拠物件を評価してデータ入力する。ただし判決文だけは寺脇に預けたまま入力しない。同じ作業に習熟したせいか二十分で終了した。

「〈法神〉の判決文を出してくれ」

先と同じくモニター画面上の〈判決文作成〉をタッチする。円は表示された判決文を読み上げる。

「『主文。被告人を懲役20年に処する。未決勾留《こうりゅう》日数中290日をその刑に算入する』」

寺脇の表情は彫像のように動かない。黙したまま実際の判決文を円の眼前に突き出す。

『主文
被告人を懲役20年に処する。未決勾留日数中290日をその刑に算入する。』

無意識に変な声が出た。

た。

「悪い夢を見ているようだな。本来なら画期的なことなんだろうが」

寺脇は覚束《おぼつか》ない足取りで近くの椅子に腰を下ろす。座るというよりも腰から崩れるように見えた。

「また別の案件で試してみますか」

「いや、今日はもういい。君もそろそろ出廷の時間じゃないのか」

次の開廷時間を忘れていた訳ではない。しかしこの動揺を秘めたまま法廷に出るのは抵抗があった。

「〈模倣〉ではなく〈再現〉か」

「え」

「最初のプレゼンの際、楊氏が口にした言葉だ。彼はこうも言った。〈法神〉を利用すれば、もう一人の裁判官が誕生すると。あの時は中国人特有の白髪三千丈の類かと思ったが、どうやら掛け値なしの本気だったらしい」

実験を繰り返した円も同様に感嘆していた。ここまで性能を見せつけられると否応《いやおう》なく納得せざるを得ない。〈法神〉は単なるソフトではない。各々の裁判官と同一の倫理観と知見を備えた、もう一人の裁判官なのだ。

「上に報告しますか」

「いや、わたし自身があと数例確かめたい。報告はその後にする。話が話だ。更に精査しなければ誤情報を与えかねん」

寺脇の危惧は痛いほど分かる。判決文の作成代行に留《とど》まれば判事のストレス軽減で済むが、裁判官の判断そのものを再現できるとなれば日本の司法システムの根幹が揺らいでしまう。報告を受ける側も驚愕するに違いなかった。

「とにかく君は通常業務に戻ってくれ。ご苦労だった」

力なく手を挙げる寺脇に一礼し、円は刑事訟廷事務室を出る。

外の空気に触れて気分が一新するかと期待したが、却って背筋がぞくりとした。

まるで楊の高笑いが聞こえてくるかのようだった。

二　過去を超えるもの

I

提示された裁判記録のデータを入力し、〈法神〉に判決を出させる。その後、実際に裁判長が下した判決と照合してみる。

昨日から十数件試してみたが、驚くべきことに〈法神〉は全ての案件について、実際に下された判決と同一の結果を示した。

刑事訟廷事務室で一人、確認作業に没頭していた寺脇《てらわき》は手近な椅子に腰を下ろす。

ふう、と思わず溜息《ためいき》が出た。

円《まどか》の作業工程を信じない訳ではないが、自分で試してみないことには納得がいかない。そもそも楊の尊大な態度もあり、〈法神〉の能力を過小評価していたのだ。

しかし、全ての案件で結果を出した以上、〈法神〉の再現能力を疑う訳にはいかなかった。まさしく〈法神〉はもう一人の裁判官なのだ。

寺脇は二通りの夢想をする。まず一つ目は〈法神〉の再現性を利用した、今は亡き裁判官との対話だ。

昭和・平成の時代、名裁判官と謳《うた》われた判事は少なくない。「死刑合憲」の塚崎直義《つかさきなおよし》裁判長、「白鳥事件」の岸上康夫《きしがみやすお》裁判官、「津地鎮祭訴訟」の藤林益三《ふじばやしえきぞう》裁判官その他、裁判史上に残る判決を下した裁判官がまだまだ大勢いる。円の祖母も同様だ。彼ら彼女らは意義ある判例を残し、示した法の精神は判事の教科書にもなっている。

多くは物故しているが、もしも令和に起きた事件について彼ら彼女らの司法判断が仰げたとしたらどうだろうか。

判決は人の運命を決めてしまう。それ故に判決文を書く裁判官は呻吟《しんぎん》し、葛藤し、苦悩する。〈法神〉に名裁判官の思考を再現させ、現在担当している事件をどう裁くのか試行できれば有用な参考になるのではないか。その対話は得難い財産になるのではないか。

二つ目の夢想は更に現実に即したものだ。東京高裁や東京地裁に限らず、主要な裁判所は案件過多に悩まされている。各裁判官は多忙を極め、マンパワーとしては限界に近づいているのが実情だ。

〈法神〉は資料の検索や文書作成を代行してくれる。それだけでも充分有難いが、寺脇はもう一歩踏み込み、判決文まで作成してもらってはどうかと考える。自分の思考や倫理性を再現できるのなら、〈法神〉が弾《はじ》き出した判決文を眺めて、それが自分のものと一致しているかどうかを推《すい》敲《こう》するだけで事足りるのだ。

もちろん、死刑が絡むような重大事件は除外する。詐欺や窃盗、横領といった事件が多くを占めるので、その分だけでも手間が省ければ労力の節約になる。ルーチン業務で忙殺されている裁判官には福音だろう。

　そこまで考えた時、三つ目の夢想が浮かんだ。東京高裁管内に勤める裁判官だけでも〈法神〉の恩恵にあずかることができれば、その功労者は導入を進めた者となりはしないか。そして、その位置の一番近くにいるのは自分ではないのか。部総括判事は地裁や家裁の所長との間で連絡を取る。当然のことながら、判事の日常業務についても調査や提案ができる立場でもある。

　寺脇の中で功名心がむくむくと頭を擡《もた》げてきた。

　部総括判事を数年も務めると次は首都圏の地裁所長の目が出てくる。東京高裁の部総括判事である寺脇は最短距離に立っていると言っていい。だが、優秀な部総括判事は他にもいる。いくら近いと言っても、後続する者に抜かれることなどざらにある。首都圏の地裁所長の座を確かなものにするためには、今のうちから貢献度をアピールした方がいい。

　幸い、ここ数日の試行で他の判事たちにレクチャーできる程度には〈法神〉の扱いに慣れた。もし手が足りなければ、円に手伝ってもらう手もある。

　一度生まれた妄想がとめどもなく広がる。寺脇はまずどこに働きかけようかと思案する。

　東京高裁管区の下級裁判所は全部で二十二ある。

　地方裁判所
東京地裁・横浜地裁・さいたま地裁・千葉地裁・水戸地裁・宇都宮地裁・前橋地裁・静岡地裁・甲府地裁・長野地裁・新潟地裁
　家庭裁判所
東京家裁・横浜家裁・さいたま家裁・千葉家裁・水戸家裁・宇都宮家裁・前橋家裁・静岡家裁・

甲府家裁・長野家裁・新潟家裁

事を始めるには地裁から進めた方が効果的だろう。だが、いきなり各裁判所の所長に働きかけるのは問題がある。自分でさえ最初は〈法神〉の再現性を疑ってかかった。寺脇よりも慎重、あるいは頭の固い連中もいる。

他方、各地裁には新補の頃に寺脇から指導を受けた判事が少なくない。幸い〈法神〉の試験的導入の件は高村《たかむら》長官から各裁判所に通達が下りている。寺脇が勉強会の名目で彼らを招集しても、どこからも文句は出ないだろう。

将を射んと欲すればまず馬を射よ。判事から攻めていくのは、極めて有効な手段に思えた。

翌日、早速寺脇は二人の判事を呼びつけた。一人はさいたま地裁の黒鉄《くろがね》判事、もう一人は千葉地裁の早見《はやみ》判事。ともに寺脇が指導した同期任官組だった。

「忙しいところ、急に呼び出して申し訳ないね」

「いえ、寺脇部総括にお会いするのも久しぶりなので。早見とも最近はご無沙汰でしたし、こういう機会をいただいてむしろ嬉《うれ》しかったですよ」

「同じくです。新補の時は新補の時で忙しかったのですが、判事になったら更に忙しくなって、碌《ろく》に連絡もできませんからね」

「全くだ。それにしても部総括。今回呼ばれたのが勉強会というのは聞きましたが、講義というのはあの黒い筐体《きょうたい》についてなんですか」

黒鉄は部屋の中央に鎮座している〈法神〉を胡散臭《うさんくさ》げに見る。

「有体に言えばそうなる。通達にあったように、裁判所に試験的に導入するＡＩがあれだ。〈法神〉という名前もある」

「法の神というのはテミスのことだと教えられましたけど」

早見も同様に胡散臭げだった。

「えらくごつい女神もいたものですね」

「なあ、黒鉄。こいつの形、あれに似てないか」

「ああ、俺もそう思う。最高裁の外観そっくりのかたちをしている」

「二人とも〈法神〉が、あまりお気に召さないようだな」

もっとも二人が最初に拒否反応を示すのは容易に予想できた。寺脇自身が〈法神〉の名称にもその外見にも、日本の裁判所を虚仮《こけ》にされたようで反発を感じたのだ。若い二人が好印象を持つとも思えない。

「まあ、そう言うな。わたしも何件か試してみたが、こいつは見かけによらず仕事が速いぞ」

寺脇は〈法神〉の処理能力を説明した上で、棚からファイルを取り出す。昨年、さいたま地裁で下された判決なので黒鉄も知悉《ちしつ》していた。公判に提出された証拠と資料をデータ化して入力すると、わずか数分で入力完了の信号音が鳴る。

「〈判決文作成〉をタッチしてくれ」

寺脇の指示に黒鉄が従うと、〈法神〉はモニターに判決文を明示する。

「黒鉄くんならその判決は憶《おぼ》えているだろう。どうだね」

「ちょっと驚きました」

黒鉄は強がっていたが、〝ちょっと〟驚いたような口調ではなかった。

「事件を担当したのは風倉《かぜくら》裁判官ですが、確かに記憶しています。実際の判決文もこれと同じ内容でした」

「へえ、そのAIが裁判官の知見や倫理観をアルゴリズムに変換できるというのは本当みたいですねえ」

「寺脇部総括はずいぶん手慣れた様子ですが、どのくらいでデータ化をマスターできるものなんですか」

それまで胡散臭げだった黒鉄が矢庭に興味を持ったようだった。

「文系のロートル親爺《おやじ》が十数件で何とか会得した。君たちなら間違いなくそれより早く慣れるだろう」

〈法神〉のモニターを指で突《つつ》いていた早見が顔色を窺《うかが》うようにこちらを見る。

「寺脇部総括。こいつのパフォーマンスを見せたのは僕たちが最初ですか」

「わたしが慣れてからは、そうだ」

「二人を選んだ理由は何ですか」

「理由は二つある。まず二人とも、わたしのよく知る判事だ。飲み込みが早く既成概念に囚《とら》われない。二つ目、二人とも各々の裁判所では全幅の信頼を置かれている。君たちが〈法神〉のパフォーマンスを喧伝《けんでん》すれば、後に続く判事も多いだろう」

「それだけですか」

早見は納得しようとしない。勘の鋭さは鈍っていないようだった。

「それだけとは」

「僕たちをお褒めいただいて光栄ですが、二人が褒め言葉だけで舞い上がるような人間でないのもご承知のはずです」

しっかり自己分析もできているか。それなら隠す必要もない。

「二人とも今の待遇に満足しているかね」

待遇と聞いた途端、二人の目の色が変わった。

裁判官は「裁判官の報酬等に関する法律」第七十五号によって給与や年収を定められている。任官時点で判事補九号という等級を与えられ（等級は十二〜一号まで）、十年後に判事に任命されるかどうかで給与や年収が決まってくる。減給はなく、任官から二十年ほどは毎年昇給していく。

めでたく判事に昇級すると、今度は八〜一号の等級となる。この時点で任官時点の判事補の二倍の給与が支給されるが、判事四号までは自然に昇級していくものの、判事三号からはなかなか上にいけない。判事三号ともなれば地方裁判所の裁判長に指名されるので満足する者もいるが、黒鉄も早見もそれ以上を狙っているのは明らかだった。

「二人とも判事七号だったな。そろそろ昇級の厳しさを体感した頃か」

「ガラスの天井、とはまた違った意味になりますが、見えない天井というのはありますね。判事四号の先輩たちを見ているとそう思います」

黒鉄の言葉に早見も同意するように頷《うなず》く。

「いったい、何をどうすれば天井を破れるのか。知っているなら教えてほしいですよ」

「ひと言で言うなら貢献度と功名だな。どれだけ裁判所の利益に寄与したか、どれだけ意義のある判決を下したか」

「しかし寺脇部総括」

早見は我慢を堪《こら》えるような顔をする。

「先ほどはお褒めの言葉をいただきましたが、飲み込みが早く既成概念に囚われないだけでは凡庸の域を出ません。凡庸な判事に三号は務まりません」

「そこで〈法神〉だ。こいつを駆使すればパフォーマンスも上がり、処理できる案件数が飛躍的に向上する。それだけでも充分な評価対象になり得る」

「確かに〈法神〉の事務処理能力は高く評価できます」

早見は尚《なお》も納得していない。

「しかし事務処理能力というのは、詰まるところ筆の速さではありませんか。たとえば僕も判決文を書くのに難儀な時もありますが、考えさえ纏《まと》まれば一気呵成《かせい》です。今、〈法神〉はものの数分で判決文を書き上げましたが、争点が単純な事件なら僕でも一時間あれば何とか書けます。無論、数分と一時間では結構な差がありますが、それだけで処理できる案件数が飛躍的に向上するというのは少し」

「速筆で名を馳《は》せた早見くんならそうだろうな。しかし、いくら速筆でも、考えを纏めるのに一日二日はかかるだろう。初公判から数えればもっとだ」

「それは、しかし当然でしょう」

「実は言わなかったが、さっきの実験には意図的に与えなかった情報がある。〈法神〉には最終弁論までのデータを入力しているが、肝心要《かなめ》の判決については教えていない」

「何ですって」

「まさか」

二人は同時に叫ぶ。

「そのまさかだ。〈法神〉は風倉裁判官の知見と倫理観をアルゴリズムに変換した上で、本人と同様に証拠を評価し、各証言を吟味し、結果的に本人が下したものと同じ結論に至ったのだ」

判決文を照合した黒鉄は口を半開きにしていた。

「ついでに言えば、風倉裁判官の構文の特徴や判決文の構成まで〈法神〉は再現している。これが何を意味するか、分からない君たちではないだろう」

おずおずと早見が手を挙げる。

「もう一人の僕が出現するということですか」

「その通りだ。藤子不二雄のマンガにもあったな。もう一人の自分が、別件で忙しい自分に代わって仕事をしてくれる」

早見は黒鉄と顔を見合わせる。

「もちろん死刑判断が絡むような重大案件は別だよ。しかし争点が単純であったり量刑判断だけであったりした場合、〈法神〉は頼もしく、かつ信頼できるパートナーになり得る。量刑判断にも数日を要することを考えれば、〈法神〉を駆使することで判決文に割く手間暇は劇的に省力化できる」

早見はしばらく腕組みをして〈法神〉を睨《にら》んでいたが、こちらに視線を戻してきた。

「寺脇部総括。〈法神〉のマニュアルはありますか」

「あるにはあるが、相当分厚い。翻訳も生硬で読みづらい。わたしは開発者から直接レクチャーを受けた」

「僕たちにレクチャーしてくれるのは寺脇部総括なんですね」

「わたしごときがレクチャーするのだから、さほど難しい内容じゃない」

だが早見はまだ腕組みを解かない。

「何か不安材料でもあるのか、早見」

「お前の方はないのか」

「あるもないも、実際に自分の手で試してみないことには何も言えん」

早見より楽観的な黒鉄は、早くも〈法神〉を試したくてならない様子だ。

「どれだけAIに文書作成を代行させたところで、人間が最終チェックすればいいだけの話だろう」

「それはそうなんだが」

「煮え切らないのは相変わらずだな」

「判決文を書かせるということは、いったんAIに判決を委ねることになりはしないか。人間の罪をAIが裁くんだぞ」

早見らしい考えだと思ったので、寺脇は口を差し挟みたくなった。

「わたしも最初はそう危ぶんだ。だが〈法神〉のシステムに立ち戻って考え、それは杞憂《きゆう》に過ぎないと判断した。何しろ〈法神〉の中に組み込まれているアルゴリズムは一人一人の裁判官そのものだ。決してＡＩが独自の自我を持つものではなく、喩《たと》えて言うなら、君たちのコピーが相棒になってくれるようなものだ」

「寺脇部総括の仰《おっしゃ》ることは分かりますが、やはり納得がいきません」

「だったら納得いくまで試してみればいいさ」

黒鉄は悪童のような誘い方をする。思えば新補時分から二人の関係性はこんな風だった。ともに判事七号となった今でも継続しているのが何やら微笑《ほほえ》ましい。

「勘違いしてもらっては困るが、わたしは業務効率化の一つとして提案しているだけだ。決して命令や強制ではない。気が進まなければ無理に試す必要はない」

すると案の定、早見は頭を振った。

「いえ。僕はたまに慎重過ぎて、石橋を叩《たた》いて割ってしまうことがあるくらいですから。黒鉄の言うように何度か試してみようと思います」

黒鉄から勧められ寺脇が引けば、早見が消極的にでも食いついてくるのは想定内だった。そして利便性を知ってしまえば自信を持って他人に勧める性格も、こちらは織り込み済みだ。

「では二人とも、わたしの拙《つたな》いレクチャーを受けてくれるかな。高遠寺判事補も手伝ってくれる予定だ」

翌日、寺脇は水戸地裁から蛇倉《へびくら》判事、宇都宮地裁から門真《かどま》判事を呼びつけた。

次の日には前橋地裁から山崎《やまざき》判事と横浜地裁の日比野《ひびの》判事を、また次の日には甲府地裁の但馬《たじま》判事と静岡地裁の柿沼《かきぬま》判事を、そして最後に新潟地裁の野島《のじま》判事と長野地裁の塩見《しおみ》判事を集めた。

初日から数えて十人、全員が自分の教え子とも呼べる存在で、かつ各地裁の中堅どころを選んだ。彼らが〈法神〉の有益性を知れば、必ず地裁に勤める判事に波及すると目論《もくろ》んでの選択だった。

寺脇が見込んだだけのことはあり、彼らの〈法神〉についての習熟は早かった。実質半日ほどの研修で操作方法をマスターした者がほとんどだ。

寺脇としては種を蒔《ま》いた自覚がある。それも一日二日で芽が出るような種であり、早速黒鉄から連絡が入った。

『先日はありがとうございました。ウチの所長に話をしたところ、ずいぶん興味を持ったようです』

目論見通りだ。寺脇はほくそ笑んだ。

『ついては俺以外の判事にも〈法神〉のレクチャーをしてもらえないでしょうか』

「スケジュールさえ合えば、いつでも構わないよ」

次いで早見からも打診がきた。

『所長が大変興味を持たれたようです。長官からの通達を受けた段階では〈法神〉の具体的なイメージが湧かなかったと仰っていました』

千葉地裁所長としては、いくら長官通達であっても素性不明のAIソフトを導入すれば沽券《こけん》に関わるとでも考えていたのだろう。その抵抗を早見が解消したかたちになる。いずれにしても〈法神〉の導入を考慮してくれるのなら有難い。

『それから寺脇部総括。これは所長からの要望なのですが、〈法神〉を千葉地裁に貸し出ししてもらうことは可能でしょうか』

　予想された質問だった。

　実際、寺脇自身が開発者の楊に投げかけた質問でもある。

「複製はできない」

　楊から告げられた内容をそのまま伝えるしかない。

「莫大《ばくだい》な費用をかけたソフトだから、易々《やすやす》とコピーができないように何重ものプロテクトがかかっているらしい」

『そうでしょうね。では〈法神〉を筐体ごとお借りできませんか』

「あくまでも〈法神〉は中国政府から一定期間借りているだけだ。又貸しは無理だろう」

『こちらとしては、もっと〈法神〉を活用したいところですが、使用する度に東京高裁にお邪魔しても、そちらもご迷惑でしょう。あの筐体を高裁から地裁へと持ち運びするのはひと苦労ですしね。いったい、どうしたものでしょうか』

　寺脇は口籠《くちごも》る。各地裁の判事たちに〈法神〉の使用を勧め始めた時に頭を掠《かす》めた問題だった。いくら有用なAIソフトでも東京高裁に備え付けたままでは使用頻度は限られ、そうかと言って各地裁へ運び続ければ運送上のリスクを避けられない。万が一〈法神〉を破損した場合、どれだけ弁償金を要求されるか、想像しただけで肝が冷える。

「〈法神〉の取り扱いについては腹案があるが、先方の許可を取る必要がある。回答はしばらく待ってくれないか」

『結構ですとも』

その後、水戸地裁の蛇倉と長野地裁の塩見からも同様の要望を受けた。〈法神〉の有益性が実証されればされるほど、己の手元に置いておきたくなるのが人情というものだろう。

電話で話せる内容ではないため、寺脇は第一ホテル東京に楊を訪ねた。

「やあ、寺脇さん。〈法神〉はちゃんと活躍していますか」

楊は両手を広げて寺脇を迎え入れる。部屋には有名デパートの袋と袋菓子の残骸が散乱し、楊がホテル住まいを満喫している様子が窺える。

「その件でご相談に上がりました」

「〈法神〉のソフトを複製できないか、ですか」

楊はこちらの思惑など、とうに見透かしていたかのような物言いだった。

「複数の地裁で使用するとなれば、〈法神〉をその都度移動させなくてはなりません。運搬を重ねれば破損のリスクが高くなります」

「そうですね。あの筐体は頑丈ではありますが、中身は精密機械ですから大きな振動も好ましくありません」

「しかし、このままでは〈法神〉のパフォーマンスが充分に発揮できませんよ」

「おやおや。最初は〈法神〉に懐疑的だった寺脇さんが、擁護する側に回ってくれましたか」

楊の前で懐疑的な素振《そぶ》りを示した憶えはなかったが、ひょっとしたら顔に出ていたのかもしれない。立場の弱くなった寺脇は、そのひと言で恐縮してしまう。

「説明したように〈法神〉には情報漏洩《ろうえい》を防止する意味で何重ものプロテクトをかけています。仮に全てのプロテクトが破られたとしても膨大な裁判記録をデータ化した段階で、大抵のデバイスは容量オーバーするように設計されています」

　ソフトの開発者が断言するのなら、やはり無理なのだろう。その場合、寺脇は第二の方法に頼らざるを得ない。

「では楊さんが〈法神〉ソフトをコピーすることはできませんか」

「開発者がそんな真似《まね》をすれば厳しく罰せられますよ。少なくともわたしの国ではそうなっています。まさか日本ではそういう不届きな開発者が大勢いるのですか」

「いえ、そういう訳ではないのですが」

　すると楊は身を乗り出して、人懐っこい笑みを浮かべた。

「方法は一つしかありません。賢明な寺脇さんなら、もうお分かりでしょう。〈法神〉を複数台入手していただくしかありません」

　やはりそうか、と寺脇は頷くしかない。

「中国では裁判所ごとに〈法神〉一台、あるいは複数台を設置しています。コピーが不可能なら、結局そうするしかありません」

「わたしたちも〈法神〉を複数台設置しろということですね」

「現在、東京高裁に貸し出している〈法神〉は無償ですが、追加になればリースであっても購入であっても費用が発生するでしょうね」

「金額は決まっているのですか」

「既にアフリカの某国では契約がまとまっています」

　楊は部屋のソファに身を沈めて、歓迎するかのようにまた両手を広げる。

「我々の国はようやく技術を買う側から売る側に転換したのです。〈法神〉はその尖兵《せんぺい》の一つです。在庫があります。注文さえしていただければ、明日にでも発注をかけますよ」

寺脇は惨めな気持ちを押し殺して料金を尋ねる。幸か不幸か、各地裁の台所事情も心得ている。楊の提示する金額では購入はまず不可能。リースならば、ぎりぎり年間予算から捻出できる範囲だった。

「リースなので、定期的にメンテナンスをする必要があるのですが、それはリース料金に含まれています。リース契約解除の際には、もちろんデータは初期化します」

ソフトの開発者でありながら営業もこなせるらしい。思い起こせば、最初のプレゼンの時から楊の売り込み文句は堂に入ったものだった。かの国は商売下手な社会主義国という認識を改める時期がきていると、寺脇は思う。

「注文さえすれば明日にでも発注をかけられるというのは本当ですね」

「常に用意は怠りません」

「各地裁から承諾を得なければなりません。回答は数日保留させてください」

「ご自由に。わたしは急ぎませんから」

言い換えれば主導権は楊の側にあるということだ。

寺脇は屈辱感に塗《まみ》れながら楊の部屋を後にする。今後、〈法神〉の導入を推進した功を大いに認めてもらわなければ、この屈辱は晴れそうにもないと思った。

2

先に試行した判事たちが各地裁の所長を熱心に口説いてくれたお蔭《かげ》で、〈法神〉のリース導入はさほどの抵抗もなく受け容《い》れられた。

各裁判所の判事たちは、まず定石通り書類作成と資料集めに〈法神〉を使用した。それだけでも日常業務はかなり効率化されたが、やはり圧巻だったのは判決文の作成だった。

ひと晩も呻吟して書き上げるはずの判決文がわずか数分で出来上がってしまう。それまで洗濯板しか使えなかったのに、いきなり全自動洗濯乾燥機を与えられたようなものだ。

各裁判所の所長からも好評を得ている。早いところでは三日目から成果が出ており、業務の効率化が目覚ましいのだと言う。所長の中には〈法神〉の導入に懐疑的な者たちもいたのだが、頑《かたく》なな彼らを翻意させたかと思うと小気味いい。

全てが順調と思えた矢先、さいたま地裁の黒鉄から至急面会したいとの連絡が入った。電話では話しづらいということなので、急な申し入れではあったが承諾した。

「お疲れ様です」

黒鉄の開口一番がその言葉だったが、どう見ても本人の方が疲れているように見える。悪童の面影を残す黒鉄が、今日は何やら悩みを抱えたような顔をしている。

「珍しいな」

「何がですか」

「まるで惑いに惑う中学生のような顔をしている」

「放っといてくださいよ。まあ、俺が悩むようなタチでないのは自分でも分かってますけど」

「君から相談を受けるのは新補の時以来だな」

「新補なんて、裁判所に勤めるただの小僧みたいなものでしたからね」

「それが今では立派な判事じゃないか」

「立派かどうかなんて誰が決めるんですかね」

これも黒鉄の言葉としては似つかわしくない。どうやら本気でカウンセリングの真似事をしなければならないらしい。

「話を聞こう。わたしの執務室だ。当分、誰も入ってこない」

「〈法神〉についてです」

「何か不具合でもあったのか」

「絶好調ですよ」

黒鉄は寺脇の不安を一蹴するような声で答えた。

「中国から〈法神〉が届いた時、判事の何人かはキワモノを見る目で見ていましたね。ＡＩソフトという触れ込みだったので、スマホ程度の大きさだと勘違いしていたんですよ、きっと。スマホをイメージしていたら黒船がやってきたみたいな感じでした」

「いい喩えだ」

「まず俺が実践してみせたんです。所長を交えて皆の前で。ものの数分で判決文が出力された時には、全員が溜息を吐《つ》いてましたよ。それからは入れ替わり立ち替わりで皆が〈法神〉前で入力作業ですよ」

光景が目に浮かぶようだった。

「さいたま地裁の所長からも感謝の言葉をいただいている」

「でしょうね。〈法神〉の事務処理能力は、案件過多だった地裁には福音でした。判事一人あたりの仕事量は確実に減りましたし、自分の判断を客観視できるツールとしても有効ですからね。今のところ、誰からもクレームの類は発生していません」

「結構じゃないか。それを何故、黒鉄くんが悩んでいる」

「皆にレクチャーした驕《おご》りでした」

たちまち黒鉄は反省口調になる。

「つい試してしまったんですよ。俺が担当しているもので、まだ結審されていない事件の判決文を〈法神〉に書かせました」

やはりそうだったかと寺脇は合点がいった。最初に結論ありきの判決文なら、誰しも答え合わせのような気軽さで〈法神〉の作成した判決文を読める。だが、自身が結論を出す前となれば話は別だ。

「どんな案件かね」

「昨年一月、さいたま市で起きた母娘ストーカー殺人ですよ」

マスコミが大々的に報じた事件だ。別れ話を切り出された柏葉洋治《かしわばようじ》当時四十一歳が交際相手の実家に押し入り、彼女とその母親を刃物でメッタ刺しにした。母娘は失血死でともに死亡、柏葉の部屋を捜索したところ凶器が発見され、直《す》ぐに柏葉が犯行を自供して現在に至る。確か、先週に最終弁論を終えたはずだった。

「犯行態様は極めて残虐で、動機も自分勝手。ただ、殺したのが母娘の二人で、永山基準《ながやまきじゅん》に照らし合わせても極刑よりは懲役が無難なケースです」

黒鉄が無難と言ったのには理由がある。被告人の柏葉はこれが初犯であり、かつ彼の生い立ちには極度に孤独を恐れる成育環境があった。弁護に立った弁護士もその点を強く主張し情状酌量を訴えていた。この弁護士が老獪《ろうかい》なのは、幼少期に養父に虐待された過去を本人に執筆させ、獄中から自叙伝を出版させたことだ。件《くだん》の自叙伝は評判となり、それまで柏葉を糾弾していた者も舌鋒《ぜっぽう》を鈍らせるほどの説得力を持っていた。

「判事が世間に阿《おもね》るのは好ましいことではない。しかしながら被害者感情と世情を汲《く》み取る余裕を持たなければ、司法は一般市民から乖離《かいり》してしまう。憶えていますか。俺が新補の時、寺脇部総括が教えてくれたことの一つです」

「ああ、ちゃんと憶えているとも。新補には必ず伝えるようにしている」

「出版された自叙伝により、柏葉に同情を寄せる声は俄《にわか》に大きくなりました。人権派を標榜《ひょうぼう》する弁護士たちが連名で死刑回避の表明をしたのもニュースになりました」

「うむ。あの合同記者会見、被害者遺族が見たら何を思うかをまるで無視していて、人権派の何たるかをまざまざと見せつけられる思いだった」

「俺が考えていたのは死刑でした」

黒鉄は絞り出すような声で言う。

「言い換えるなら、どういうロジックなら自分自身を納得させられるかを考えていました。しかし世間やら自叙伝の内容が頭を過《よぎ》ると、どうしても判断が鈍ってしまいます」

「それで〈法神〉の出番という訳か」

「ええ。最終弁論までの情報を全てデータ化して入力して、判決文を出力させました」

「〈法神〉の下した判決は」

「死刑、でした。それ自体は二分の一の確率で予想していたので驚くにはあたりません。俺が驚いたのは、〈法神〉の出した判決文が何から何まで俺の書きそうな内容だったことです」

黒鉄は不貞腐《ふてくさ》れたように片肘を突く。彼が怯《おび》えている時の癖であるのを、寺脇は思い出す。

「ここで最初に〈法神〉のパフォーマンスを披露された際、早見が『もう一人の僕が出現する』と口走ったでしょう。あの言葉が何度も頭の中で甦《よみがえ》るようになりました」

「開発者は再現性こそが〈法神〉の一番のセールスポイントだと豪語していた。君がそう感じるのも無理はない」

「寺脇部総括は納得しているんですか」

寺脇は返事に窮する。納得していると言うよりは力ずくで納得させられたのが実情だった。

「事例を重ねれば納得せざるを得なかった」

「争点が単純だったり量刑判断だけだったりした場合、〈法神〉は頼もしく、かつ信頼できるパートナーになり得る、でしたね。俺も懲役レベルではそう思いました。しかし柏葉事件のように死刑判断が絡むような重要案件となると、頼もしさや信頼性よりも先に薄気味悪さを感じたんです。確かに自分と同じ判断をしたのだから安心してもいい場面なんですが、どうにも尻の据わりが悪くて。この気持ち、分かってもらえますかね」

語彙が貧弱であるのは否めないが、感覚として黒鉄の言う恐れは理解できる。かく言う寺脇が同様の恐れを抱いているからだ。

「わたしが言えた義理ではないが、黒鉄くんの恐れというのはテクノロジーに対するものなのかもしれない」

「それじゃあ、まるで俺は前世紀の遺物じゃないですか」

「前世紀だろうが未来だろうが、新しいテクノロジーに対する恐怖というのは全世代に共通する感情だよ。ドローンが登場した時だって期待と不安の両方があった。不安材料としてはプライバシーの侵害や武器への転用だな。ところが今や、そうした不安材料よりも未来産業としての期待の方が大きくなっている。要は慣れだ。どんなテクノロジーも日常の風景に溶け込んでいけば、恐怖は消えていく」

本当は消えていくのではなく感覚が麻痺《まひ》するだけではないかという思いもあるが、敢《あ》えて口にはしない。

「〈法神〉も同じだと言うんですか」

「自分を再現できてしまうなんて脅威だからね。だが慣れてくれれば自分のコピーとして安心できるんじゃないのか」

「寺脇部総括。俺が恐《こわ》いのは俺自身なんですよ」

黒鉄は片肘を突いたまま、ぼそりと呟《つぶや》く。

「はじめは自分の書いた判決文と照らし合わせて〈法神〉の再現性を確認する。次は〈法神〉の弾き出した判決文が自分の考えと一致するか試してみる。これが現時点の俺です。ここまではまだ、俺の出した結論が先にあるので自主性が保たれていると言えます。でも、判断に迷って、先に〈法神〉の判決文を読んでから自分の意思を確かめる。つまりカンニングのような真似をするようになった場合、俺の自主性は保たれていると言えるのでしょうか」

　寺脇は返事に窮する。

　自分と、自分を再現させたもう一つの自我。どちらが正しく、どちらを優先するべきなのか。まるで禅問答のようではないか。

「これ、一度考え始めると迷宮なんですよ。俺はヒトとコンピューター・ソフトとの相違は常態性だと考えているんです」

「説明してくれ」

「たとえばヒトには調子の波というのがあります。ひと頃流行《はや》ったバイオリズムというヤツです。身辺に不幸が続けば精神が挫《くじ》けるし、体調不良の時には判断力も鈍るでしょう。つまりヒトは常に一定のパフォーマンスを維持できる生き物じゃない。しかしソフトは違います。電源さえ安定供給していれば、どんな環境下であろうと同一のパフォーマンスを発揮できる。常態性においてはヒトよりもソフトの方が優位なんです」

「電源の安定供給というのは、ヒトに当て嵌《は》めれば気力・体力の維持という意味じゃないのか。それなら裁判官一人一人が肉体と精神の安定に気を配っていれば条件は同じだ」

「理屈の上ではそうですが、ヒトには不確定要素が多過ぎるんです。コンピューターは高性能のポータブル電源が一基あれば事足りてしまうんですよ」

　ずいぶん悩んだらしく、黒鉄の反証には隙が見つからない。いちいち反論するのも詮無《せんな》いことだと気づくにはさほど時間を要しなかった。

「言い古された言葉だが、道具は使い方次第だ。君が最良と思えるやり方で〈法神〉を使いこなせばいいんじゃないのか」

「ええ、俺が行き着いた結論もそうなんですけどね」

「では、何の問題もない」

「問題はこれから出てくるんですよ」

黒鉄は皮肉な笑みを浮かべる。

「俺と〈法神〉が競い合えば、いつか必ず〈法神〉に追い越される瞬間がやってきます。俺が生身の人間である以上、それは避けられない現実です。その時俺は、自信を失《な》くした自分と〈法神〉を比較しなきゃならない。もっと具体的に言えば、体調不良でへろへろになっている時に書いた判決文と〈法神〉が出力した判決文に相違が生じた場合、どちらを採用するかということなんです」

やはり寺脇はひと言も返すことができない。単なる意思決定や損得勘定ならいざ知らず、裁判官の判断は人の将来を決定してしまうものだ。おいそれと選択できるものではない。

法律論には哲学が必要だ。寺脇も司法修習生時代、座学で幾度となく教えられた。だが、その頃にはＡＩ（人工知能）を絡めた法律論など存在しなかった。言わばこれは法律と哲学の間に横たわる、新しい命題だった。

新しい命題であれば、解くのは一線を退いた自分ではない。黒鉄たちのように若い判事たちだ。

「今はまだ気力も体力も充実しているから、差し当たっての心配はないんですけどね。あくまでも将来的な危惧です」

黒鉄は席を立ち、やおら背を伸ばした。

「珍しく考えて袋小路にぶち当たりましたが、寺脇部総括と話していたら、何だかすっきりしました」

「勝手にきて、勝手に喋《しゃべ》って、勝手に帰るのか。本当に変わらないな」

「頼りにしてます」

「何か精のつくものでも食べにいくか」

「今度にしましょう。その時には血の滴《したた》るようなステーキか鰻の特上でも奢《おご》ってください」

「いい店に予約を入れておく」

訪れた時よりはいくぶん快活さを取り戻した様子で、黒鉄は部屋を出ていった。だが、見送る側の寺脇は逆に不安を覚えた。

黒鉄の示唆した命題は重く、深い。同じ思考と倫理観を共有する裁判官とＡＩだが、安定性という点においては後者に軍配が上がる。ヒトである裁判官はどこまで〈法神〉を頼り、どこから〈法神〉を制御すべきなのか。

寺脇は難問を与えられた学生のように当惑する。


三日後、さいたま地裁では被告人柏葉洋治に対する判決言い渡しが行われた。

死刑判決だった。

3

『〈法神〉はとても順調に稼働している。中国製は安かろう悪かろうという固定観念に縛られていた過去の自分を殴りたい気分だ』

『高遠寺円は〈法神インストラクター〉という肩書を名乗ってもいいんじゃないのか』

『これはもう、令和の司法制度改革と言っても過言じゃないだろう』

円の許《もと》には〈法神〉のレクチャーを受けた判事補からの感謝のメールが山ほど届いていた。どれも〈法神〉の優秀さと業務の効率アップを絶賛しているものの、寺脇と共に取り扱いを説明しただけの円はどうにも面映《おもはゆ》い。

東京高裁管内の各裁判所に〈法神〉が導入されてから一週間以上が経過した。最初は懐疑的だったりおっかなびっくりだったりした判事たちも、扱いに慣れれば活用するのに迷いはなかったらしい。

だが、届けられたメールに目を通しても円は素直に喜べない。皆が絶賛すればするほど〈法神〉に対する警戒心が増してくる。特に理由はないが、自分の仕事が簡略化されることに抵抗があるのだ。

新しもの好きという言葉があるが、自分はその対極にいる者なのだろう。スマートフォンもパソコンのOSも使い慣れた形式が一番で、バージョンアップにはあまり関心がない。友人から勧められても仕事上の必要に迫られなければ買い替えようとしない。

原因はカウンセラーに相談するまでもなく明らかで、偏《ひとえ》に祖母の教育によるものだろう。大正生まれの祖母はモダンで旧弊な体質に中指を立てるような女性だったが、一方で慎重にも慎重を期す性格でもあった。

『世の中に完全無欠というものはまず有り得ません。百人が百人とも肯定するものには疑ってかかりなさい』

一パーセントの否定もない事象は不自然というのが祖母の意見だった。幼い頃はふんふんと聞き流していたが、高校生になった時分からいつの間にか生きる知恵となっていた。実際、祖母の言うことに間違いは少なかったし、言いつけを守っていれば失敗も回避できたのだ。

今回のＡＩ導入についても例外ではない。寺脇の手前、粛々と試験を続けてみたものの、自分が担当している事件では一度も〈法神〉の力を借りていない。

寺脇に知られたら呆《あき》れられると分かっていても、現在係争中の事件に〈法神〉を介在させることに消極的な拒否感がある。他人に先端技術をレクチャーしておきながら自分が旧態依然としていては、明治時代の車夫が自動車教習所の教官をしているようなものではないか。

少なからず自己嫌悪に陥りながら休憩室でひと息吐いていると、崎山《さきやま》が姿を見せた。

「お疲れ様です」

「お疲れ様、高遠寺さん。って、ホントに疲れているみたいですね。どうしましたか」

「相変わらず案件が溜まっていて。お恥ずかしいです」

「〈法神〉、使っているんじゃないですか」

「生憎《あいにく》と、まだ」

案の定、崎山は驚いてみせた。

「あなた、インストラクターじゃないんですか」

そう名乗った憶えはないが、寺脇以下裁判所職員の認識は一致しているのだろう。今ごろになって、自分はとんだ貧乏くじを引いたのではないかと思えてきた。

「わたし、新しいものが苦手みたいです。仕組みは理解できても、いざ使うとなると躊躇《ちゅうちょ》するんですよね」

「自分のスマホじゃあるまいし。如何《いか》に仕事を効率よく進めるかの問題でしょう」

崎山は感情よりも理論を重視するタイプなので文句の一つも言われるかと思いきや、意外に口調は気遣わしげだった。

「ひょっとしてわたしが以前に言ったことを気にしているのかな」

崎山の言葉は今でも時折、頭を掠めることがある。

『AIがスキルを上げれば上げるほど、怠惰な人間は身体《からだ》を動かすのを渋るようになり、遂《つい》には考えることとさえ放棄するようになる』

偶然かそれとも崎山の先見性か、今にして思えば〈法神〉の導入を予言していたかのような発言だった。

「気にしているというより、今更ながらご慧眼《けいがん》に驚いています」

「そんな大層なものじゃありません」

崎山は片手をひらひらさせて謙遜する。

「ただの一般論です」

「崎山さんは〈法神〉を活用しているんですか」

「えらく高価で高性能な文房具として重宝しています。事務処理能力が高くて無駄口を叩かない秘書を雇えば、こんな気分になるかもしれない」

相棒ではなく、単に文房具と言いきった崎山がひどく頼もしく見えた。

「秘書というのは適切な比喩かもしれませんね」

「いや、秘書というのもどうかと思いますね」

「どうしてですか」

「優秀な人間にはつい頼りたくなる。疲れている時には尚更です。それで頼み事が増えていく。最後には秘書がいなければ自分では何一つできないポンコツに成り下がる」

「そんな、崎山さんに限って」

「本来はぐうたらな性格なのは自覚しているからね。そうならないよう必死に自分を抑えています」

崎山は自販機から出した缶コーヒーをひと口啜《すす》ると、安堵《あんど》の溜息を吐く。

「各裁判所の判事からの評判はどうですか」

「すこぶる好評です。崎山さんは文房具とか秘書とか仰いましたけど、メールをくれた同期の中には相棒と呼んでいる人もいました」

「彼らはわたし以上に順応性が高いということなのでしょうね。しかし、インストラクターである高遠寺さんが、まだ〈法神〉を使っていないというのは意外です」

崎山は訝《いぶか》しげにこちらの顔を覗《のぞ》き込む。

「新しいものが苦手という他にも理由があるんじゃないですか」

「どうして、そう思うのですか」

「若い女性の台詞《せりふ》とは思えない」

それはセクハラ発言ではないかと思ったが、崎山に悪気がないのは分かりきっているので不問に付した。

「若さは貪欲の別名です。高遠寺さんだったら、新しい技術や新製品にはわたしたちの世代よりも興味があるでしょう」

「それも固定観念のような気がしますけど。でも、他に理由があるというのは当たっています」

「わたしに話していいことですか」

問われて初めて気がついた。裁判にＡＩソフトを導入することについて自分でも割り切れない思いがあったが、人に話せば整理がつくかもしれない。

「崎山さん、まだお時間よろしいですか」

「余裕はまだ充分あります」

「〈法神〉は運用前に、当該担当裁判官の判例を数値化する作業があります」

「ああ、物的証拠や証言を重要度と信頼度の面から十段階評価にするんですよね」

「それから検察側と弁護側に遺漏《いろう》や失点があれば減点していく。公判で生じた全ての事柄を数値化しなければ〈法神〉がデータとして読み取ってくれないからです。でも物的証拠はともかく、検察側や弁護側の振る舞い、裁判官の倫理観や知見を数値化する工程には疑問を感じます」

「どういう疑問ですか」

問われて、自分が本心を誤魔化していることに気づく。

「すみません。疑問というよりは心理的な抵抗を覚えるんです。法律実務に関わる者は長い歳月をかけて法的知識や経験値を積み重ねていきます。たとえば間違った判断をしたとしても、その原因を追究して新しい知見を得ます」

「その通りです。ただし実際の公判で間違いがないように右陪席左陪席と議論を尽くしますけどね。試行錯誤の積み重ねが裁判官を育てるというのは事実だと思いますよ」

「裁判官の知見はその人の学んだ歴史でもあります。それを数値化するというのは、知に対する冒瀆《ぼうとく》のように思えてならないんです」

「知への冒瀆」

崎山は味わうようにして円の言葉を反芻《はんすう》する。

「いかにも高遠寺さんらしい言い方ですね」

「らしい、というのはどういう意味でしょうか」

「何と言うか、古めかしい」

今までにも散々言われてきたことなので特に気にはならない。

「母親が早くに死んで、祖母と暮らす時間が長かったせいかもしれません。完璧なおばあちゃん子ですよ」

「あの高遠寺静《しずか》判事とともに生活していたというだけで得難い財産ですよ。あなたは耳にタコができるほど聞かされていると思いますが」

崎山の言う通りだったが、敢えて聞き流すことにした。

「知を軽んじているかどうかは意見の分かれるところですが、倫理観や知見を数値化しようとしているのが、長い歴史の中で知を蓄えているはずの中国であるという事実が興味深い」

『論語』や『孟子』の国ですものね」

「中国のAI技術はここ十年のうちに飛躍的に進歩している。その事実を知っていても尚、人の知見をデジタル化するという試みは果たして正しいのかそうでないのか。いずれにしても、即座に正誤が出る問題じゃない。中国国内か、あるいは〈法神〉を導入した国の司法システムに歪《ひず》みが出るまでは決して表沙汰にならない。いや、中国国内に歪みが出たら、しばらくは表面化しないかもしれない」

崎山は穏やかな表情で不穏極まりないことを口にする。

「それは、すごく怖い話です」

「いや、あくまでも最悪の事態を想定しているだけですよ」

崎山は気にするなというように、また片手をひらひらさせる。

「高遠寺さんには〈法神〉に対する明確な不安とかあるんですか」

「不安は感じません。本当に、ただ気が乗らないだけで。〈法神〉のマニュアルを説明した当人としてはどうかと思いますけど」

「あなたからレクチャーを受け、〈法神〉を駆使している連中の多くはそう考えるかもしれませんね」

「何かもう、色々と申し訳ない気持ちでいっぱいで」

「あなたが気に病むことはありません。いや、むしろ堂々としていた方がいい」

「どうしてですか」

「高遠寺さんの立ち居振る舞いは自然だからですよ」

崎山は穏やかに笑ってみせる。

「〈法神〉を活用する裁判官や、わたしのように境界線を設けておっかなびっくり運用する裁判官や、そして高遠寺さんのように利用を思い留《とど》まる裁判官がいるのは至極健全な状態だと思います」

百人が百人とも肯定するものは疑ってかかりなさい。祖母の教えに通じる言葉だったので、円はふっと気が楽になった。

「しかし〈法神〉の力を借りないとなると、そっちは大変じゃないんですか。高遠寺さんもずいぶんと案件を抱えているでしょう」

「ここでは平均的な件数だと聞いています」

「しかしその件数を、他の者は〈法神〉で省力化している。ＡＩに頼っていない高遠寺さんは彼らに比べれば実質的に過重労働になってしまう」

「はあ」

「あまり手に余るようなら部総括に申し出た方がいい」

円は話を合わせて頷くものの、自分をインストラクターに選んだのが他ならぬ寺脇であるのを考えると無理な相談だ。亡き祖母の七光りもあるだろうが、他の判事たちよりも目を掛けてくれている。だからこそ簡単に弱音を吐く訳にはいかない。

「まだ、全然大丈夫です」

「〈法神〉に頼り過ぎるのも問題ですが、無理をしないのも大事ですよ。オーバーフローで高遠寺さんが倒れでもしたら、他の判事に皺寄《しわよ》せがいくことになりますからね」

なるほど、円の身だけを慮《おもんぱか》っているのではないということか。

「ご心配をおかけします」

「心配するのは先輩の特権ですから」

崎山は残りのコーヒーを飲み干すと、ゆっくりと腰を上げた。

「それでは午後の公判に行くとしますか」

「行ってらっしゃい」

崎山が立ち去った後、円は一人で彼の言葉の意味を噛《か》み締める。手厳しいことも言われたが、本質的に自分は大事にされている。高遠寺静の孫としてなのか、次代を担う人材としてなのかは不明だが、とにかく崎山の期待を裏切るような真似はすまいと思う。

執務室に戻ると同時に、書記官の姫村美礼《ひめむらみれい》がファイルの束を抱えて現れた。

「本日着の案件です」

一瞥《いちべつ》しただけだがファイルの厚みは三十センチほどもある。思わず呪詛《じゅそ》の言葉が出そうになった。

「ありがとうございます」

ファイルは全部で五冊ある。一冊ごとの厚みが各案件の複雑さを示すものとは限らないが、往々にして目を通す記録の多い案件は単純な事件でないことが多い。

「午後一時から803号法廷で本日三件目の公判があります。三時からは足立区事件の証人尋問、五時からは資料集めです」

マネージャーよろしく姫村は午後の予定を知らせてくれる。大まかなスケジュールは円も把握しているが、こうして書記官も確認してくれるので遺漏はない。

配属される裁判所によって事情は異なるが、一人の裁判官が週に手掛ける刑事事件の裁判は合議が二件、単独が三件というペースが多い（合議は三人以上の裁判官の合議体による裁判。単独は一人の裁判官による裁判）。ただし東京地裁の場合は裁判官に対して案件数が多く、判事補の円でも合議を週に三件こなさなくてはならない。

刑事事件の裁判が週三件というのもべらぼうな数字だが、公判は一件につき一時間程度で終わるのでまだましな方だ。問題は参考文献集めで、こちらは事件ごとに必要とされる資料が異なるので手間暇をくう。本日のスケジュールでは午後五時からとなっているが、それでは到底定時までには終わらないだろう。円の口から自然に溜息が洩《も》れる。

「大丈夫ですか、高遠寺さん」

溜息が聞こえたらしく、姫村が気遣わしげに訊いてきた。

「今日はよく人から気を遣われる日だこと」

「え」

「こっちのこと。はい、わたしは大丈夫です」

「とてもそうは見えませんが」

姫村はこちらに顔を近づけて声を潜めた。

「ここ数日、肌が荒れています」

「嘘」

慌てて自分の頬に手を当てる。確かに潤いがなく、一部がかさついている。今朝は急いで家を出たので気づきもしなかった。

「ちゃんと三度三度の食事を摂っていますか」

「朝は抜くことが多いです」

「充分に睡眠はとれていますか」

「土日にまとめて寝ています」

定時を越えて仕事をすれば判決文の作成は持ち帰りになる。自《おの》ずと睡眠時間は削られ、睡眠不足のまま翌日の業務に臨むのでパフォーマンスは低下し、また残業になる。負のスパイラルだ。

「僭越《せんえつ》ながら申し上げますが、いつまでも二十代ではいられません。そのうちに無理ができなくなります」

「姫村さん、何だかわたしの母親みたい」

「書記官の職域を逸脱しているのは承知の上で申し上げますが、もう少し仕事の効率化を図ってはいかがですか」

「今も充分、考えているつもりですけど」

「それなら、どうして〈法神〉を利用しようとなさらないのですか」

そうくるか。

「他の判事や判事補の皆さんは〈法神〉を活用して、どんどん仕事を楽にしているのに、高遠寺さんは以前のままじゃないですか。〈法神〉のインストラクターまで務めた人がもったいないですよ」

「さっき、別の人からも同じ指摘を受けました」

鼻白むと思われた姫村は、一層気遣わしげな顔をした。

「みんな、高遠寺さんのことが心配なんですよ」

有難くて、思わず泣きそうになる。

「ありがとうございます。そのお気持ちだけで充分です」

「充分じゃありませんよ」

姫村は一歩も引かない。

「体調管理も仕事のうちなんですから」

「わたしと暮らし始めた頃、祖母は現役を勇退していたので、実際の裁判官の業務がこれほど多忙だとは想像もしませんでした」

「高遠寺静判事の頃よりも案件数は格段に増えています。ご存命中に体験談をお聞きになっていたとしても、それほど参考にはならなかったでしょうね」

事件の多さで誰を責める訳にもいかない。判事の少なさを緩和するために始められた司法制度改革は幾つかの副産物を生みながらも成果は今一つだ。誰にも文句が言えない状況では、最前線に立つ人間が汗を掻《か》くしかない。

「資料集め、せめて〈法神〉を使ってみてはいかがですか」

「分かってはいるんです。分かってはいるんですけど、なかなか重い腰が上がらなくて」

「また、そんな年寄りじみたことを」

「もう少しだけ様子を見ていてください。他の皆さんと歩調を合わせるくらいに効率を上げていきますから」

「お願いしますね」

最後に釘《くぎ》を刺してから、姫村は部屋を出て行った。

彼女の姿が視界から消えると、円は傍目《はため》も気にせず長く深い溜息を吐いた。姫村にはその場しのぎで弁明したものの、今の自分の処理能力では〈法神〉を活用している判事たちと同等のパフォーマンスは到底発揮できない。どう足掻《あが》いたところで、一日は二十四時間しかなく、一週間は七日しかないのだ。

祖母は百人が百人とも肯定するものには疑ってかかれと遺《のこ》した。円が〈法神〉の使用に躊躇する理由の一つはその教えに従ってのことだが、崎山のように己の性格と折り合いをつけて運用している者も存在している。それならば自分もいったん拘《こだわ》りを捨てて、皆と同じ条件で仕事を進めてもいいのではないか。

つらつら考えながら、姫村の置いていったファイルを上から確認していく。二つ目のファイルを開いた瞬間、あっと思った。

墨田区在住の十八歳少年による父親殺し。先週からテレビやネットのニュースで報道の続いた事件だ。犯人の少年は父親を刃物でメッタ刺しにした上で逃走、何時間も追跡劇を繰り広げた挙句にようやく逮捕された。逃走したのが真っ昼間ということもあり、当時はテレビカメラが地に空に容疑者を追いかけて大騒動だったのを憶えている。

事件自体に優劣などあろうはずもないが、世間やマスコミの耳目を集めた事件となると話は別だ。判決に死刑判断を問われるケースでは、事件がもたらした社会的影響に言及しなければならない場合が往々にしてあるからだ。当該事件は息子が実の父親を殺すという、所謂尊属殺人の事例であり、その社会的影響を無視する訳にはいかない。

事件はまず家裁に送られ、検察に逆送される。検事調べが済むと、担当検察官の判断で起訴処分となる。この時点で捜査資料を含めて事件記録は膨大な量に上るが、概要は供述調書を読みさえすれば把握できる。

十八歳の少年が如何なる経緯で父親を殺害するに至ったのか。その動機となる発端から事件当時までが供述者本人の視点で縷々《るる》語られているが、調書の中には取り調べ主任主導で作成されたものもある。資料の信憑性《しんぴょうせい》を確認するためには、やはり被告人本人への尋問が必要になる。

供述調書の最終ページまで読むと事件の概要は把握できるものの、被告人の心の動きは曖昧としてはっきりしない。この部分は本人に訊いてみるしかないと考えた次の瞬間、視線は最後の行に明記された調書作成者の氏名に釘付けとなった。

『司法警察員　葛城公彦《かつらぎきみひこ》』

葛城は円の交際相手だった。

4

翌日、円は執務室に葛城を呼んだ。職場で顔を合わせるのはこれが初めてだった。

「あの、警視庁捜査一課の葛城です」

「事件を担当する高遠寺です」

案内してくれた姫村は二人の仲を知らない。従って彼女がいる手前、普段は名前呼びにも拘わらず、堅苦しく初対面の自己紹介をするより他にない。

「何か必要なものがあればお知らせください」

姫村が部屋から消えるのを見届けると、葛城は困惑した顔をこちらに向けてきた。

「この部屋、カメラとか録音機は仕掛けられているんでしょうか」

畏《かしこ》まった様子に耐えきれず、円は小さく吹いた。

「そういう公彦さん、ちょっと新鮮」

円が笑ってみせると、ようやく葛城は恋人の顔に戻る。

「そちらこそ。この部屋の中だと普段通りには呼べないな」

「でも判事補というのは堅苦し過ぎ」

「じゃあ高遠寺さんで。それにしても、まさか仕事で一緒になるとは」

現場で働く刑事と、罪を裁く判事。それぞれ警視庁と東京地裁に勤めていれば同じ事件を担当する可能性は皆無ではないが、意外だったのは円も同様だ。

「東京地裁にくる案件は一日だけでも相当な数だもの。同じ事件を担当する確率なんて宝くじ並みじゃないかな」

「それも選《よ》りに選って父親殺しとは縁起でもない」

「縁起のいい事件なんてあるの」

「ないな。あるのは納得のいく事件とそうでない事件だ」

葛城は机の前に置かれた椅子に座る。

「二つの事件の違いは」

「自白調書を取り、起訴に必要な物的証拠を揃《そろ》えて自信たっぷりに送検できる事件。もう一つは送検するのに充分な要件を揃えているにも拘わらず、納得できないまま送検せざるを得ない事件」

「納得できない理由は何なの」

「ケースバイケースだけど、最たるものは動機だよ。少し考えれば分かるけど、人殺しなんてどうしたって割が合わない。もちろん計算ずくで殺人を犯す人間もいるにはいるけど、それにしたって同族を殺そうなんて決意するまでの経緯があやふやな事件は、物的証拠が揃っていてももやもやするんだ」

事件について話しながらも口調はいつもの調子なので円の心は和む。一介の警察官と判事補では立場も違えば法曹界での扱いも違う。それでも二人きりになれば恋人同士に戻れる。よくよく考えてみれば殺人の話で心が和むというのもどうかと思うが、ここしばらくは顔を合わせる暇もなかったのでしょうがないじゃないか。

「この父親殺し、葛城さん的にはどっちなの」

「後者」

「供述調書を作成したのは葛城さんでしょ」

「被疑者と面と向かって話していても、腹の裡《うち》全部を訊き出せたとは思えなかった。供述調書には書かれていないことをまだ隠しているような気がする」

「ニュースでは、ずいぶん派手な追跡劇だったと聞いているけど」

「追いかけたのも僕と宮藤《くどう》さんだった。もっとも、ニュースで言われるほど派手だったとは思わないけど」

どうやら取調室に入る以前の話をじっくり聞いた方がよさそうだ。円は腰を引いて椅子に深く座る。

「葛城さんの知っているところから話して」

「結構、ぎすぎすした話だよ」

「ときめく話は別の機会にしてくれればいいから」

葛城の捕り物話は次の通りだった。


捜査一課に第一報が入ったのは三月十三日午後一時過ぎのことだった。

墨田区京島《きょうじま》にある住宅から物々しい音と男性の悲鳴が聞こえ、通報を受けた巡査が当該の家を訪ねたところ、居間で男性の死体を発見した。

男性はこの家の世帯主である戸塚正道《とつかまさみち》。彼の妻京美《きょうみ》と次男の悟《さとる》は奥の部屋で震えながら抱き合っていた。

「夫と久志《ひさし》が口論の末、喧嘩《けんか》になって」

長男の久志が台所から包丁を持ち出し、正道をメッタ刺しにしたのだと言う。久志はそのまま戸外に出ていった。

犯人と目される男が逃走したとの報告が所轄と警視庁にもたらされ、急遽《きゅうきょ》捜査一課からは宮藤と葛城が臨場と相成った。

二人が現場に到着すると、既に向島署《むこうじま》の強行犯係と検視官、そして鑑識の面々が顔を揃えていた。

犯行現場となった居間は血の海だった。死体はその中央に横たわり、肌の露出した部分のほとんどに創口が認められる。

「大小十五ヵ所の刺し傷。脇腹に入った一撃が致命傷となった。死因は出血性ショック」

検視官の見立てを聞かずとも、死体の様相から死因の見当はついていた。

同地域は奇跡的に戦火を免れたことから長屋が多く残り、近所付き合いも頻繁だったので戸塚家の事情は近隣でも有名だった。正道には酒乱の気があり、リストラに遭ってからは毎晩のように酔っ払って暴れていたらしい。同居家族に手を上げることもしばしばで、夜の戸塚家からは怒声と悲鳴が絶えなかったと言う。

ともあれ容疑者となった久志の身柄を確保すべく、宮藤と葛城は彼の後を追う。主要道路と駅には警察官を配備し、いささか広範囲であるものの包囲網を敷いた。後は網の中で久志を追い詰めればいい。

古い住宅地で狭い脇道や一方通行道路も多く、警察車両はさほど役に立たない。自ずと宮藤と葛城は自分の足で久志を追うこととなる。土地鑑のある所轄の捜査員も足で追っている。無線は常時オンの状態にして相互に連絡を取り合う。グリッド状に捜索範囲を潰していけば、早晩久志は発見できる手筈《てはず》だった。

「まさか、この歳《とし》になって鬼ごっことはな」

宮藤は走りながら愚痴をこぼすが、まるで息切れがしない。警察官になる前はアクション俳優を目指して鍛えていたというのもあながちデマではないらしい。

　並走する葛城も音を上げてはいられない。時折無線に入る情報に耳を傾けながら、獲物の後を追う。

「容疑者がまだ運転免許証取得前で助かりましたね。少なくとも盗んだクルマで逃げられる心配は少ないですから」

「その代わり向こうには地の利がある。いくら所轄の刑事に土地鑑があっても、ここで生まれ育った地元民には敵《かな》わない」

「だからしらみ潰しをするように人員を投入しているじゃないですか」

　所轄には地域の事情を知り抜いているという自負がある。警視庁の人間に先を越されて堪《たま》るものかと全員の目の色が変わっていたそうだ。

「近所の知り合いが匿《かくま》う惧《おそ》れはありませんかね」

「その線はあたっているが、まだそれらしい情報はない」

　無論、所轄の捜査員が各戸をローラー作戦で訊きに回っている。水も洩らさぬ態勢とはこのことだ。これで容疑者の身柄を確保できなければ警察の恥と言われても仕方がない。

　一ブロック過ぎたところで宮藤が声を出した。

「葛城。ヤツだ」

　宮藤の見たものを葛城も確認した。酒屋の角を曲がった短髪の人影。モスグリーンのＴシャツとジーンズ。事前に聞いていた戸塚久志の服装と合致する。

　角を曲がると幅四メートルの脇道だった。各戸の裏手に当たり、コンクリート塀や洗濯物を干した庭が続いている。

人影が再度角を曲がる。その瞬間に相手がこちらを振り向いたので人相が確認できた。間違いない。戸塚久志だ。

「こちら葛城。対象、確認しました」

葛城は無線のマイクに伝える。

「容疑者は二丁目の鈴木酒店の脇道に入り、北に向かって逃走中。包囲してください」

追手を認めた久志はギアを一段上げたようだった。こちらも負けじと追いすがる。

脇道は奥に進むに従って枝分かれのように延びている。塀が高い通りでは久志の後ろ姿を見失わないようにするのがやっとだ。

目の前を走る宮藤から荒い息遣いが聞こえてくる。そしていくつめかの角を曲がった時、目に見えてスピードが落ちてきた。遂には葛城に追い越されてしまう。

「くそ」

追い越しざま、宮藤は言葉を投げて寄越《よこ》した。

「十八歳の足には勝てん。後は頼む」

宮藤に託されたのでは、ますます弱音が吐けなくなる。ともすれば悲鳴を上げそうな下半身に鞭《むち》を打って、葛城は追跡を続ける。

通過した電柱の番地表示を無線で伝えながら何とか久志との距離を保つ。連絡を受けた他の捜査員が待ち伏せでもしてくれれば御《おん》の字だが、過度な期待はすまい。まずは自分の足で追いつくのが優先事項だ。

「戸塚久志くん、止まりなさいっ」

止まれと言われて止まる馬鹿はいない。それでも声を掛けるのは、逃げる相手を精神的に追い詰めるためだ。声を掛けられた相手は周囲に複数の追手がいると疑心暗鬼になる。疑心暗鬼は焦燥を生み、焦燥は注意力を散漫にさせる。慌てた久志が表通りに出てくれれば確保の可能性が広がる。

やがて久志と葛城の間隔が狭まってきた。距離にして十メートル程度か。いける。相手は走りづめだろうから、葛城の側にも勝機がある。

あと八メートル。

七メートル。

六メートル。

相手の息遣いが手に取るように分かる距離だ。

必死に手を伸ばす。駄目だ。Tシャツの裾を摑《つか》むにはまだ足りない。

「残された母親と弟さんのことを考えたかあっ」

人の弱みにつけ込んだ卑怯《ひきょう》な説得だと思ったが背に腹は代えられない。だが久志の足はここに至ってもしぶとさを発揮している。

あと五メートル。

四メートル。

その時、向かう先から別の声が上がった。

「こっちだ」

「回り込めっ」

「袋のネズミだ」

無線で状況を確認すると、葛城の報告を聞きつけた警官たちが一帯を取り囲みつつあるらしい。

いいぞ。

走れ、走れ。

先に進めば進むほど包囲網は縮められていく。

だが久志は想定外の行動に出た。

いきなり向きを変え、葛城に飛び掛かってきたのだ。

「うわ」

大声を上げる間もなかった。若い力に押され、あえなく葛城はアスファルトの上に叩きつけられた。

腰と背中に激痛が走り、一瞬意識が遠のく。だが警察官としての本能が相手の手首を掴まえた。

「放せ」

「放せと言われて放すヤツはいない」

久志は馬乗りになって手を振り解《ほど》こうとするが、葛城は満身の力を込めて相手の手首を握り締める。

「おとなしくしろ。抵抗すればするほど罪が重くなる」

「逃げればいいだけの話だ」

「周りはすっかり包囲されている。君一人を捕まえるために何人の警察官が駆り出されていると思う」

久志の顔に不安が走る。至近距離で観察してみればやはり十八歳の顔だ。獰猛《どうもう》な表情に幼さが残っている。その幼さが警官隊の数を想定して不安がっている。

「うるせえっ」

久志は空いた方の手で葛城を殴りにかかる。葛城は両脚で久志の身体を挟むと力ずくで捩《ね》じり倒す。華奢《きゃしゃ》な久志は呆気《あっけ》なく横倒しになる。

「放せ、放せえっ」

その時、道の両側から警官たちが現れた。

「いたぞ」

「加勢しろっ」

瞬く間に警官たちが四肢を押さえ込み、久志は身動き一つ取れなくなった。

「確保おっ。確保しましたあっ」

やれやれ、やっと終わったか。

葛城は久志の片手に手錠を掛けると、ようやく身体を放した。その頃には宮藤も追いついていた。

「ご苦労さん」

「久しぶりの全力疾走でした」

アドレナリンの分泌が止まったのか、今になって下半身が急に重くなってきた。それでも宮藤の前では意地になって直立姿勢を保つ。

「宮藤さんの方は大丈夫ですか」

「十八歳の脚力には敵わないが、心配されるような老いぼれでもない」

宮藤は疲れた目で軽く睨んできた。

「体力勝負はここまでだ」

本部に戻ってからは精神力の勝負が待っている。容疑者に対して気を抜くなという意味だった。

「それとも取り調べは他のヤツに任せようか」

「嫌です」

葛城は半ばむきになって答える。

緊急逮捕された久志は、そのまま身柄を向島署に移された。取り調べに当たったのは、もちろん一番の功労者である葛城だ。今回は宮藤が記録係として同席している。

取調室に放り込まれた久志は先刻の格闘時とは打って変わって神妙な態度だった。

「ずいぶんおとなしいじゃないか」

「おとなしくしろと言ったのはあんただろ」

「もう少し早めに従って欲しかったな」

現場から回収された包丁の柄からは久志の指紋が採取されている。それどころか確保された際、彼のTシャツには夥《おびただ》しい量の返り血が付着しており、そのほとんどは被害者のものであることが判明している。

「返り血のほとんどはお父さんのものだったが、君の血も一部あった」

「抵抗された時、自分が握っていた刃がこちらに向いたんだ」

「お父さんを刺した数を憶えているかい」

「忘れた。無我夢中だったし」

「実の父親を刺す羽目になった経緯を話してくれないか」

「あんなの父親でも何でもない」

久志は吐き捨てるように言う。

「あれは人のかたちをしたクズだ」

「父親をそんな風に言うものじゃない」

「お説教ならよしてくれ。あんたもあの男と一週間暮らしたら分かるはずだ。どうせ近所から噂くらいは聞いているんだろ」

「お父さんには酒乱の気があり、リストラに遭ってからは毎晩のように呑んでいたらしいじゃないか」

「正確にはリストラに遭う前からだよ」

久志は当時を思い出したかのように顔を顰める。

「電機メーカーに勤めていたけど、自分だけ出世に遅れたとかで毎晩くだを巻いていた。リストラに遭ってからはくだを巻くより先に手や足が出るようになっただけだ」

「今回も殴られたのか」

「殴られる前に殺してやろうと思った。もう沢山だったんだ」

久志の顔を覗き込んだ葛城は少なからずぞっとした。希望を失い、全ての権利を放棄した昏《くら》い目だった。

「来年は受験だっていうのに、家の中じゃあいつが呑んで騒いで勉強になりゃしない。静かにしてくれと頼んだら、頼んだ数だけ殴られる。反撃しようにも、母親が世間体を慮って我慢してくれと言うから泣き寝入りだよ。そんな生活が一年も続いてみろ。相手が誰でも殺したくなる」

「警察に相談することは考えなかったのか」

家庭内暴力について緊急を要しない場合でも相談はできる。交番に駆け込む他にも局番なしの「＃９１１０」に電話をすれば専門の相談員によるアドバイスが得られる。だが、それを知っている市民は存外に少ない。

「相談ならしたよ。三回も」

久志は皮肉な笑いを浮かべた。

「交番に行ったけど、お巡《まわ》りさんはふんふんと話を聞くだけで、まともに取り合ってくれなかった」

そういう警察官も皆無とは言いきれない。葛城は久志に対して申し訳なく思ってしまう。

「それで刃傷沙汰になった訳かい」

「酒を呑んでいつものように視線が怪しくなった頃から覚悟を決めていた。今この男を殺《や》らなきゃ、いつか自分が殺られると思った」

「先手必勝か」

「そう思いたいなら思ってくれていい。あいつを殺したこと、俺は全然後悔していないから」

言い放った時も目は絶望の色をしていた。取り調べは順調で、久志はこちらの問いにあまり逆らいもせず供述をしていく。あまりの呆気なさに取り調べる側の葛城が拍子抜けするほどだった。

「通常、取り調べの際は相手を替え時間を替え、同じ質問を何度も繰り返す」

「揺らがせて相手の虚偽を綻ばせるためね」

「だけど戸塚久志の場合は、そんな手間もかからなかった。供述内容は現場の状況とも司法解剖の結果とも一致していた。家族による目撃証言、凶器に付着した指紋、犯行現場からの逃走、逮捕時の抵抗。悲しいかな、彼を擁護できる要素は何一つない。次の日には送検されて、検事調べの席でも彼は同一の供述をした。だから担当の捜査検事は自信満々で起訴を決定した。これが大筋の流れだよ」

葛城の話を聞いていると、殺した側にも殺された側にも問題があると知れる。いつもこの国のどこかで繰り広げられている悲劇だと思った。家庭の中の地獄、他人には与《あずか》り知れない恐怖。

「問題は十八歳という年齢だなあ」

言われる前から承知していた。

十四歳から十七歳なら殺人を犯しても最悪は無期懲役だが、十八歳と十九歳の場合は死刑が選択される可能性があるのだ。

少年法と尊属殺人が絡んで公判がどう展開するのか、現時点ではまるで予断を許さなかった。

三　情状を超えるもの

1

供述調書

本籍　東京都墨田区京島《きょうじま》二丁目○‐○
住所　本籍地に同じ
職業　学生
氏名　戸塚久志《とつかひさし》
　平成十四年七月三日生（十八歳）

上記の者に対する殺人被疑事件について令和三年三月十四日、警視庁において、本職はあらかじめ被疑者に対し、自己の意思に反して供述をする必要がない旨を告げて取り調べたところ、任意次の通り供述した。

一　私は本年三月十三日午後一時ころ、墨田区京島の自宅において父親である戸塚正道《まさみち》と口論となり、争いが昂《こう》じて刺殺してしまったことで取り調べを受けているものです。本日は当時の状況等についてお話しします。

二　私は今月に高校を卒業予定ですが大学受験に失敗し、既に浪人が決定しています。受験に失敗したのは、もちろん私の学力不足、勉強不足が招いた結果なのですが、それだけが原因ではないと思っています。理由については後で説明します。クラスメートが次々に進路を決めていく中で浪人するしかなくなった私は、かなり心理的に追い詰められました。まるで自分だけがみんなから取り残されていくような不安を覚えました。犯行当時、私が父親の声を耳にする度にイライラしていたのは、きっとそのせいだと思います。

三　父親は電機メーカーに勤めていました。営業で自社製品を家電量販店に売り込む仕事だと聞いていましたが、よくは知りません。父親とは中学に上がった頃からあまり話さなくなりましたから。父親は遅くにしか帰ってこなかったんです。それも大抵酔っ払っていました。私と弟が寝ていても玄関から怒鳴り声がして、しょっちゅう起こされていました。いつも愚痴っていました。また同僚や後輩に追い抜かれた。俺が出世できないのは会社が正当に評価しないせいだって、毎晩毎晩うるさかったんです。

四　その父親が去年、リストラで会社をクビになりました。それだけ自分の能力が高いと思っているのなら、さっさと別の会社に再就職すればいいのに、あの男はハローワークにも通わず、一日中外で呑《の》み歩いていたんです。失業保険が給付されていたみたいですけど、働きもせず呑み歩いていたら幾らあっても生活費は減っていきます。母親はずいぶんパートのシフトを増やしたんです。それでも生活費の捻出に苦労して愚痴ると、あの男が怒り出すんですよ。俺を馬鹿にしているのか、一家の大黒柱を何だと思っているんだって。何度か手を上げられて、母親はよく顔を腫らしていました。パートに出る前はファンデーションとか色んな化粧品を使って誤魔化していました。そのうち呑み歩く余裕もなくなったのか、あの男は宅飲みするようになりました。

五　私も散々な目に遭いました。家に帰ると呑んだくれの男がいる。うるさくて勉強にならないし、無視すると摑《つか》みかかってくる。ずいぶん小突かれました。まあ、高校生なので体力差もなくやられっぱなしじゃなくなったんですけどね。それでも相手をしていると勉強する時間も削られて、結局受験に失敗したんです。あんなの受験生がいる家の環境じゃありません。自分の学力不足を棚に上げる訳じゃありませんけど、あの男が家にいなかったら、滑り止めの大学くらいには入れたと思っています。

六　宅飲みするようになってから、あいつの暴力は日常茶飯事になりました。俺は一度でいいから、あいつが身動きできなくなるくらいに痛めつけてやろうとしたんですけど、母親から頼むから思い留《とど》まってくれと言われたんです。あの辺は古くからの住宅地で、母親はずいぶん世間体を気にしたんだと思います。それでもあいつが酒を呑んで騒いだ時点で世間体も何もないじゃないですか。だから、近くの交番に相談に行ったんです。でも、お巡《まわ》りさんは話を聞くだけで、なかなかあいつを捕まえたり説教したりはしてくれませんでした。母親が暴行の痕でも見せれば少しは話が違ったのかもしれませんけど、嫌がって同行してくれなかったんです。結局、私は三回相談に行きましたが、警察が家まで来てくれたことは一度もありませんでした。

七　事件の起きた三月十三日のことを話します。その日、私は予備校の入学手続きをしていたのですが、例によって居間からはあの男の声がうるさく聞こえてきて、少しも集中できませんでした。自分の受験が失敗したのもあいつのせいだと思うと、もう我慢ができなくなり、私は居間に飛び込みました。あいつは焼酎を呷《あお》りながら昔の上司や同僚の悪口を言っていました。私が「少し静かにしてくれ」と抗議するなり、あの男は顔色を変えたんです。「親に向かってその口の利き方は何だ」って。こっちはこっちで受験勉強を邪魔された恨みがあったから、「プータローが一丁前に父親づらするな」と言い返したら、いきなりあいつが飛びかかってきました。二、三発は殴られたと思います。気が立っているところに殴られたので、私はかっとなって台所に行き、包丁を手に取って居間に引き返しました。正直、あの時のことはあまり憶《おぼ》えていません。ただあいつと揉《も》み合った末に何度か刺した記憶がうっすらあります。

八　気がつくとあいつは血塗《ちまみ》れになって倒れていました。私のTシャツにも返り血がべっとり付いていて、近くでは母親がぼうっと突っ立っていました。私はやっと自分のしたことに気づき、怖くなってその場に包丁を放り捨てると、家の外に飛び出しました。とにかく逃げなきゃいけないと思ったんです。

九　後は刑事さんも知っての通り、住宅地の中を逃げ回って、結局逮捕されました。普段からあいつは邪魔な存在で、いつか叩《たた》きのめしてやろうとは思っていましたけど、まさか殺すつもりはありませんでした。でも後悔はしていません。

戸塚久志（署名）拇印

以上の通り録取し読み聞かせたところ誤りのないことを申し立て署名指印した。

警視庁

司法警察員

警部補　葛城公彦《かつらぎきみひこ》　押印

員面調書を読み終えた円《まどか》は小さく嘆息した。送検後、担当検事が作成した検面調書にも目を通してみたが、内容は員面調書とほぼ同一だった。それだけ被疑者の供述にブレがなかったということだ。

「目の前で自分の作成した調書を裁判官に読まれるというのは妙な気分だなあ」

執務室の椅子に座る葛城は冗談めかして言う。戸塚事件の切なさを紛らそうとしての配慮だろうが、その気持ちは円にも理解できる。

この事件には救いがない。

被疑者は受験に失敗しても尚《なお》、劣悪な家庭環境に耐えなければならなかった。被害者は家庭内暴力の加害者側であったものの、殺されるまでの悪行を重ねていたかどうかは判断の分かれるところだ。

「大小十五ヵ所の刺し傷、でしたね」

「その中には生活反応のない傷もある。致命傷は脇腹に入った一刺しだけど、その後も数回に亘《わた》って刺している」

「無我夢中だったのかな」

「と言うよりも怖かったんだと思う。相手がいつ反撃するか分からない。たとえ息をしていなくても、今にも立ち上がってくるかもしれない。素人《しろうと》が他人を殺傷する際に加減ができないのは、そういう恐怖心があるからだよ」

「被害者の正道は何も武器らしいものは手にしていなかった。対して被疑者の久志は、わざわざ台所に出向いて凶器の包丁を持ち出して父親をメッタ刺しにしている」

その光景を想像して円は怖気《おぞけ》を震う。

「正当防衛どころか過剰防衛すら成立するかどうか疑わしい。丸腰というのは無抵抗と同義だもの」

刑法第三十六条二項の過剰防衛は「防衛の程度を超えた行為は、情状により、その刑を減軽し、又は免除することができる」と定義されている。被害者正道の乱行は「不正」であっても「急迫」とは言えず、また久志がわざわざ包丁を持ち出して父親をメッタ刺しにした行為は「防衛の程度」を超えている。

「公判前整理手続は来週の予定だったよね」

「ええ。調書でも被疑者は父親を殺害したことを後悔していないと明言している。犯行態様を鑑《かんが》みても、検察が殺人罪として求刑するのはほぼ間違いないでしょうね。しかも父親殺しの尊属殺人だし」

「十八歳で殺人罪かあ」

葛城はやはり切なそうに言う。

「葛城さん、被疑者に同情しているの」

「同情、なのかな。十七歳なら最悪でも無期懲役、十八歳なら死刑もあり得る。たかが一年生まれるのが早いか遅いかの違いで、こうも扱いに差が出る」

「刑事さんとは思えない台詞《せりふ》」

「もちろん、どこかで線引きが必要なのは分かっているよ。だけど円……高遠寺《こうえんじ》さん、自分が十八歳だった頃を憶えているでしょ」

「そんなに昔の話じゃないから」

「十七、十八って子ども以上大人未満みたいなところがあって、不安定極まりなかった。自分が何者で、どこに行こうとしているかも定かじゃなかった。一応進路は決めていたけど、それだって周りに流されていた部分が少なくない。そんな年頃の人間のたかが一歳の違いに何の意味があるんだろう」

「十八歳の少年に死刑判決は苛酷すぎるという意味なの」

「ごめん。自分でも何を言おうとしているのか、よく分からない」

円はそれ以上、追及しない。円自身が十八歳の少年犯罪をどう裁くべきか迷っているからだ。

寺脇《てらわき》や崎山《さきやま》が聞けば何を未熟なと思うだろうが、これればかりは場数を踏まなければ知見を得られないのではないか。

日本の刑事裁判は基本的に少年犯罪に対して更生主義を採用している。罪に対する報復としての応報刑ではなく、被告人が再び罪を犯すことがないようにする教育刑という考え方だ。被疑者が十八歳なら、通常は教育刑が相応《ふさわ》しいと判断されやすい。

だが尊属殺人の場合は少しばかり勝手が違ってくる。

「でも高遠寺さん。尊属殺人というのはいささか時代錯誤な考え方だと僕は聞いたことがあるけど」

「いささかどころか、とんでもなく古い考え方です」

古くより尊属殺人に対する厳罰は封建的な道徳観に則《のっと》ったものとして、様々な学説や判例で論議されていた。よく言われる、憲法第十四条、「法の下の平等」に反して違憲ではないかという意見だ。

一方、最高裁判所は一九五〇年の大法廷判決において尊属殺人の規定は「人類普遍の道徳原理、すなわち自然法」に基づくから、憲法第十四条に違反しない、との判断を下していた。つまり論議とは別に法律としては存続し続けていたのだ。

しかしその慣例に風穴を開ける判決が下される。一九七三年、最高裁大法廷は尊属殺人に対する法定刑が死刑または無期懲役であり、減軽しても下限が三年六ヵ月の懲役刑にしかならないのではあまりに刑罰が重すぎるという理由から、憲法第十四条が禁止する不合理な差別的取扱いにあたるとして違憲判決を下したのだ。以来、実務上で尊属殺人の規定は適用されていなかったが一九九五年の改正により正式に削除された。

「とんでもなく古い考え方なら、今更頓着することもないと思うのだけれど」

「問題は古い考え方であっても、道徳的には否定しがたいという点なんです。規定自体が削除されても、尊属殺人が非道であるという道徳は生き続ける。それは各裁判官の倫理観においても同じです」

「つまり古いタイプの裁判官は道徳的な観点から、未《いま》だに尊属殺人には厳しい判決を下す傾向にあるということかい」

「道徳と倫理、裁判官の倫理観と量刑判断は分かちがたいものだもの」

「誰か気概のある若手が、古いタイプの裁判官を諫《いさ》めることはできないのかな」

「一人の裁判官の心の内面に踏み込むことは何人《なんぴと》たりともできない」

「戸塚事件を担当する裁判官は他に誰と誰」

「右陪席が崎山さん、裁判長は檜葉《ひば》部長」

「檜葉判事か。もう結構なご年齢だったと思うけど」

「再《さ》来年には退官される予定です」

ふっと葛城は口を噤《つぐ》むが、彼が何を考えているのかくらいは察しがつく。退官間近という年齢から、檜葉が所謂《いわゆる》古いタイプの裁判官なのだろうと見当をつけているのだ。

檜葉をよく知る円としては反論してやりたいところだが、残念ながら材料を思いつかない。

檜葉がやはり古いタイプの裁判官だからだ。これまで何度か同じ裁判を担当してきたが、彼の判決には教育刑よりは応報刑、更生主義よりは懲罰主義が仄《ほの》見《み》えるのだ。

「葛城さんは、戸塚被疑者について何か思うところがあるのですか。どんな裁判官に裁かれるのか気になるみたいだけど」

「さっきも言った通り、納得のいかない事件だからだよ。戸塚久志が父親を殺そうと決意するまでの経緯があやふやで、供述調書を再読してもまるで腑《ふ》に落ちない」

「十七、十八歳は不安定極まりない年頃じゃなかったの」

すると葛城は虚を衝《つ》かれた顔をして頭を搔《か》く。

「揚げ足を取らないでほしいな。とにかく納得いかない事件を、古い道徳観の裁判官に裁かれるのは何となく気が引けてね」

納得のいかない事件なら送検しなければよかったのに、とは言わない。現場の状況から物的証拠、加えて本人の自白調書が揃《そろ》っていれば捜査本部は送検せざるを得ない。いち警察官である葛城が抗《あらが》ったところでどうにかなるものではない。

「戸塚被疑者がまだ何かを隠していると疑っているんですよね。でも仮に何かを隠していたとしても、彼が父親を殺害した事実は揺るぎようがないですよ」

「僕が疑っているのは動機の部分だよ。供述では受験勉強の邪魔になるということと衝動が動機になっている」

「衝動的に犯行に走るというのはよくある話でしょ」

「久志本人を見ていると、そういう風には思えないんだよ」

葛城はどこかもどかしそうに言う。

「根拠は何なの」

「これでも、ずいぶん沢山の犯罪者を見てきた。凶悪犯もいたし臆病者もいた。嘘吐《うそつ》きもいたし正直者もいた」

「今までの経験から、戸塚被疑者の供述内容は信用できないというのね」

人を見た回数というのであれば、裁判官となった自分も他人に引けを取らない。被告人席にも凶悪犯と臆病者がいた。嘘吐きと正直者がいた。だが、そんなことで競っても無意味なのは承知している。問題は別の部分にある。

「でも葛城さん。彼には補導歴があるのよ」

逮捕された戸塚久志は供述調書と同時に身上経歴供述調書を作成している。同調書に記載される事項は次の通りだ。

①本籍、住居、職業、氏名、生年月日、年齢及び出生地
②旧氏名、変名、偽名、通称及びあだ名
③位記、勲章、褒賞、記章、恩給及び年金の有無
④前科の有無
⑤刑の執行停止、仮釈放、仮出所、恩赦による刑の減免又は刑の消滅の有無
⑥起訴猶予又は微罪処分の有無
⑦保護処分を受けたことの有無
⑧現に他の警察署その他の捜査機関において捜査中の事件の有無
⑨現に裁判所に係属中の事件の有無
⑩学歴、経歴、資産、家族、生活状態及び交友関係

⑪被害者との親族又は同居関係の有無
⑫犯罪の年月日時、場所、方法、動機又は原因並びに犯行の状況、被害の状況及び犯罪後の行動
⑬盗品等に関する罪の被疑者については、本犯と親族又は同居の関係の有無
⑭犯行後、国外にいた場合には、その始期及び終期
⑮未成年者、成年被後見人又は被保佐人であるときは、その法定代理人又は保佐人の氏名及び住居

久志の場合は⑥に補足するかたちで補導歴の記載があった。作成した一方の当事者である葛城が知らないはずがない。

「もちろん知っているよ。彼は昨年の八月、駅前の商店街で他校の生徒とひと悶着《もんちゃく》起こしている。当該派出所の事案対応記録も取り寄せた」

事件が起きたのは八月十日というから、まだ夏休み期間中のことだろう。他校の生徒との悶着ということで大体想像はつくが、事案対応記録を読むと予想した通りの内容だった。衆人環視の中での乱闘、元々腕っぷしの強かった久志は相手を圧倒した模様で、騒ぎを聞いて巡査が駆けつけた時、現場には他校の生徒数人が行動不能の状態で倒れていた。彼らの証言から久志が浮かび上がり、後日本人への事情聴取と相成った次第だ。

「夏休み期間中の不良行為なんて本人たちにしてみればレクリエーションかもしれないけれど、少なくとも被疑者が普段から衝動的な行動に出る性格だという心証を与える。それでも葛城さんは納得がいかないの」

「喧嘩っぱやいから、父親に対してもかっとなって犯行に及んだ。誰にでも納得できる筋書きだ

し、選出された裁判員たちも疑問を差し挟まないだろう」

「でも葛城さんは納得できない」

「自分でも面倒な性格だと思う。でも、どうしても被《かぶ》っちゃって放っておけないんだよ。何故《なぜ》かな、顔も体格も全然似ていないっていうのに」

「誰に」

「前にも話したことがあるけど、僕には甥《おい》がいる。小さい頃から知っているから甥というより弟みたいなものだよ。真《ま》っ直《す》ぐな性格なのに少しひねくれていて、強情なのに脆《もろ》い。不安定なのに根はどっしりしている」

葛城はくすぐったいように笑ってみせる。

「もちろん被疑者の戸塚久志はまるで別人だ。だけど僕は、彼のような少年を」

言いかけて、やめる。きっと事件を担当する裁判官の前で言うべき台詞ではないと思い留まったのだろう。

「失礼。これは僕の個人的な事情でした。聞かなかったことにしてください」

誰が忘れてなんかやるものですか。

わたしはそういうところに惹《ひ》かれたんだから。

「葛城さんの心証はともかく、本案件は檜葉裁判長とわたしたちの合議になります。捜査検事は今も戸塚事件について捜査を継続しているのですか」

「特に依頼はきていません」

「依頼がなくても、あなたは調べるのでしょ」

「今は多少自由に動ける余裕があるので」

「もし新しい事実が判明したら捜査検事に伝えてください。わたしからも検事にお願いしておきます」

「それじゃあ」

葛城は一礼して執務室を出て行った。最後の挨拶が堅苦しいのも彼らしい。

円は葛城と交わした会話を反芻《はんすう》してみる。葛城は久志の供述内容に納得がいかないと言った。刑事としての責任感が言わせているのだろうが、裁判官たる自分が感化されてはいないだろうか。己の発言は事件に関して常に公正中立を保っていたか。

うん、保っていた。

こちらからの質問には私情が挟まれていなかったか。

オーケー、挟まれていなかったはずだ。

録音録画はされていないが、職域での公私混同は控えたい。とにかく必要な補足情報は入手したので、合議の際に生かすようにしよう。

葛城のことだから、継続捜査でまた新たな証拠を仕入れてくるかもしれない。久志の有罪判決は免れないものの、証拠の種類によっては情状酌量の余地もある。その場合、障壁となるのは古《いにしえ》の尊属殺人についての規定だ。減軽しても下限が三年六カ月の懲役刑、おまけに執行猶予は一切認めていない。刑法からは削除されたものの、未だ古いタイプの裁判官の倫理観には道徳の名の下にどっしりと根を生やしている。

道徳は時として傲慢な姿を見せる。いや、道徳そのものではなく、むしろ道徳を盾に不寛容を強いる者自身が傲慢なのだろう。

　祖母は道徳を説くタイプだったと思われがちだが、実際に円が薫陶を受けたのはむしろ正義の概念と寛容さだった。

『正義というのはね、困っている人を助けること、飢えている人に自分のパンを分け与えること。定義なんてそれで充分』

　小学生にも理解できる定義は、以来円の羅針盤となった。一方で祖母は組織や国家が唱える正義には懐疑的で、憤るよりも赦《ゆる》すことを是とした。お蔭《かげ》で自分は大した偏向もせずに成長できたと思っている。

　だが檜葉に祖母のような寛容さは求められない。彼の言動からは道徳の不寛容さが見え隠れしている。若い時分は祖母から指導されたと言うが、同じ人間から薫陶を受けたというのにどうして自分と檜葉はこうも違うのだろうか。

　戸塚事件を裁くにあたっては、檜葉の道徳が重要な要因になってくるだろう。合議制なので右陪席の崎山も左陪席の円も意見を述べることはできるが、最終的な判断を下すのは檜葉になる。他の二人が異見を出したところで参考意見に留まる程度だ。

　無論、檜葉の道徳観を全否定することはできない。道徳は倫理と分かち難く、正邪の別を判断する秤《はかり》の一つなのだから、これを否定すれば裁判官の判断をも否定することになる。

　檜葉の古い道徳を牽制《けんせい》しつつ、彼の判断を尊重する。途方もなく難しい作業だが、これは左陪席に座る者の役割なのだと自分に言い聞かせる。具体的には尊属殺人の概念を、いかにして合議から排除するかだ。

円は一人執務室で沈思黙考する。やがて導き出された解は、可能な限り檜葉と合議するという至極単純なものだった。

2

戸塚事件の公判前整理手続は四月の第一週に行われた。

東京地裁の一室に集ったのは裁判所側から檜葉と円、検察は公判検事の鬼村《おにむら》検察官、そして弁護側は平城《ひらぎ》弁護士の都合四人だ。

「では始めましょうか」

檜葉の声を合図に、まず鬼村が口火を切る。

「最初に申し上げておきますが、今回の求刑に関しては複数人の検察官の意見を参考としています」

恐ろしげな名前とは裏腹に端整な顔立ちで、話し方も訥々《とつとつ》としていた。公判検事として法廷に立ったらちゃんと陳述できるのかと、円は要らぬ心配をする。

「検察側は死刑を求刑する所存です」

予想していたとは言え、鬼村の口から聞くと改めて緊張する。

「十八歳という年齢、加えて初犯ではありますが、無抵抗の父親を複数回に亘ってメッタ刺しにし、挙句に現場から逃走しています。犯行態様は凶悪であり、よって極刑を求めるものです」

弁護人の平城は表情を強張《こわば》らせる。検察側が死刑を求刑してきたのは判例と情状酌量を計算に入れ、最初から厳罰を提示したに相違ない。判決は求刑の八割で下されるケースが多いが、その相場じみた数値を逆算しているのだ。

検察の出方を知り尽くした檜葉は眉一つ動かさない。

「では次に弁護人」

「罪状については否認しません。量刑について争うつもりです」

「では検察官、請求証拠の開示をお願いします」

檜葉の求めに従って、鬼村は証拠の一覧表を全員に提示する。記載されているのは犯罪事実を示した甲号証の一覧だ。現場写真、採取された毛髪と体液と下足痕、久志のTシャツに付着していた血液の分析表、解剖報告書、凶器である包丁から採取された指紋、久志の個室を家宅捜索した際に押収した私物の一覧、そして久志自身の血液型とDNA型の種類。いずれも久志の犯行である事実を物語っている。平城が罪状について争わないのは賢明な判断と言えるだろう。

「被告人の供述調書についても疑義はないようですね。弁護人は証拠調べを請求しますか」

弁護人または被告人は検察側が提出した証拠の証明力を判断するために、検察官に証拠の開示請求ができる。

「請求します」

いかに旗色が悪かろうが、検察側の証拠捏造《ねつぞう》を牽制する意味でもここは請求するべきだ。

「では証拠調べの順番を決めましょう」

慣れた手順で澱《よど》みなく手続きが進んでいく。円は誰かの見落としがないかと神経を集中させるが、今のところ遺漏は見当たらない。

「鑑定は実施しますか、弁護人と検察官」

是非、と言い出したのは平城の方だった。警察での取り調べでも検事調べでも、久志の言動に矛盾や混乱は生じなかった。だが犯行時、一時的に心神を喪失していた可能性はゼロではない。弁護人としては一縷《いちる》の望みをかけたいに相違ない。

「では鑑定医決定後、双方に通知します。次に被害者参加手続きに関してですが」

やや檜葉の歯切れが悪くなる。今回の場合、被害者遺族は加害者遺族でもある。遺族の立場からは久志の減刑を嘆願してくることが予想されるが、裁判員の判断を狂わせる要因にもなりかねない。

「遺族からは裁判に参加したい旨を告げられています」

「わかりました。では遺族参加の有無も後日、双方にお知らせします」

手続きは呆気ないほど順調に進んでいく。後は公判期日を決める段になって、檜葉はさてと言いだした。

「話が前後しましたが弁護人、確認しておきたいことがあります。弁護人は量刑を争うおつもりですよね」

「ええ、その通りです」

「検察官は求刑が死刑でなければならない理由を述べてくれました。お訊きしたいのは、弁護側が量刑を争点としたい理由です」

「弁護人は依頼者の利益のために弁護活動をするものです。少しでも減軽させようとするのは当然かと存じます」

「いや、それはそうでしょうが、検察官の仰った犯行態様の凶悪さに対して、如何なる弁護を用意するのかと思いましてね。公判では可能な限り水掛け論を排除したい。現時点で弁護側の論理をお聞かせいただければ、公判での質疑も的を射たものになるのではありませんか」

すると平城は気分を害したように檜葉を睨《にら》みつけた。

「どうしてもと言われるのなら。まだ十八歳の少年に」

「失礼。十八歳なら十七歳以下の少年とは扱いが違ってきます。平城先生には釈迦《しゃか》に説法ですが」

この言葉に敏感に反応したのは、平城よりも円だったかもしれない。早くも檜葉が尊属殺人の規定を念頭に置いてはいないかと、警戒心を張り巡らせる。

「前科もない少年に死刑判決を下すのは刑罰として重すぎると考えます。日本の少年に対する裁判は更生主義を多く採っていますが、戸塚被告こそ更生されなければならない対象だと考えます」

「被告人には補導歴があることが報告されています」

「だからこその更生主義ではありませんか。本人と接見して事情を聴取しましたが、彼を犯行に駆り立てたのは一にも二にも家庭環境です。十八歳はまだまだ未来に希望が抱ける年頃です。拘置所や刑務所ではなく、ちゃんとした教育施設でなら更生は充分可能と考える次第です」

裁判官は公正中立が原則ではあるが、平城の言説には諸手《もろて》を挙げて賛同したい気分だった。どんな人間にも更生の機会を与える。死刑囚にも贖罪《しょくざい》の権利が与えられて然《しか》るべきであり、それは寛容さを示す一つの行為だ。

だが檜葉の表情は微塵《みじん》も変わらない。

束《つか》の間《ま》の沈黙が流れた後、鬼村がぼそりと呟《つぶや》くように言った。

「わたしも検事調べの席で被告人と顔を合わせました」

話に割って入った鬼村が何を言い出すのか、円はもちろん檜葉も平城も彼に興味の目を向ける。

「一時間あまり話しましたが、それだけで彼が更生できるかどうかなんて皆目見当もつきませんでした。平城先生の接見された時間がとんでもなく長いか、それともわたしに先生ほど人を見る目がないせいでしょう」

円は自分の観察力がお粗末だったのを認めざるを得ない。訥々とした口調で結構辛辣《しんらつ》な皮肉を吐き出す。鬼村という男は見かけよりもずっと陰険な人物ではないのか。

「わたしの目には戸塚被告が更生可能な人間かどうかは判然としませんでしたが、平城先生のご意見に反駁《はんばく》するつもりはありません。しかし戸塚被告が更生されなければならない対象というのであれば、殺された父親もそうだったんじゃないですか。リストラに遭い、日がな一日呑んだくれているダメな父親。それでも家族のサポートがあれば、熱心な応援があれば立ち直れたのではありませんか」

その発想はなかったので、円は不覚にも感心してしまう。

「殺された父親にもやり直す機会が与えられてもよかった。その機会を永遠に奪ったのが戸塚被告です」

平城は憮然《ぶぜん》とした表情を鬼村に向ける。己の熱弁を返す刀で無効化されたのだから、決していい気はするまい。

改めて円は殺人の罪深さに絶望する。死は全ての可能性を摘み取ってしまう。可能性を奪われた者は不本意な墓碑銘を抱いたまま死ぬしかない。

「弁護人の主張はよく分かりました」

檜葉は何事もなかったかのように話を畳むと、鬼村と平城に言い放つ。

「裁判所のスケジュールもあるので、初公判は六月二日とします。お二方ともご都合はよろしいですか」

二人がその場で了承したので、初公判の日取りはあっさりと決まった。

二人が退室したのを見計らい、檜葉は円が残っているにも拘《かか》わらず椅子に深く沈んだ。身内の前ではつい警戒心が緩むのだろう。その姿には哀《かな》しいかな老いの影が忍び寄っている。

本人にとっては残酷な姿でもあるので、円は反射的に目を逸《そ》らす。声を掛けられたのはその時だった。

「高遠寺さん」

呼ばれた途端に駆け寄った。

「先刻の平城先生の意見、どう思いましたか」

いきなり直球が飛んできた。愛想笑いを浮かべる間もなく、円は言葉を探す。

「弁護側としては至極真っ当な意見だと思います。公判前整理手続の席では話せる内容に制限もかかりますから」

「至極真っ当なのはその通り。しかし真っ当な意見というのは、しばしば一般論の範囲に収まってしまう。そして一般論には常に予想外のカウンターが待ち構えている」

「鬼村検察官の反論ですね」

「あれは見事なカウンターだった。いささか屁理屈《へりくつ》めいてはいるがね。犯罪者の更生は殺人を相対化するほどの大義名分にはならない。そもそも罪の代償と本人の更生は全く別の問題だからね。いくら日本の裁判が更生主義だからと言って、罪そのものが主義に左右されるのは違うのではないか。鬼村検察官の言説は、そこを突いている。現に平城先生はぐうの音も出なかった」

円は注意深く檜葉の言葉に耳を傾ける。現状、檜葉の口からはまだ尊属殺人の文言が出ていない。しかし更生主義に対していくぶんかの諦念が聞き取れる。

「檜葉部長は更生主義に限界を感じていらっしゃるのですか」

「温情判決を受けたところで全ての受刑者が更生できるとは限らない。更生主義は最初から限界を抱えているのですよ」

達観した物言いだが、更生主義に対する批判とも受け取れる。

「更生主義に連なる教育刑に相対する概念として応報刑が取り上げられることが多いのですが、わたしは少し違った見方をしていて、教育刑と応報刑は必ずしも対立するものではないと考えているのです」

「興味深いお話です」

「本人を更生させる一方で、償うべき罪は斟酌《しんしゃく》することなく償わせる。言い換えれば、犯した罪に相応する償いが同時に本人を教育するという考えです」

与えた罰がそのまま本人の教育になる。

人権派の弁護士が聞けば顔色を変えるような理屈だが、一つの見解には違いない。少なくとも検察側や被害者からは拍手で迎えられるだろうと思った。

「もちろん、これが極端な意見であるのは百も承知です。しかし感情的な批判を恐れていては論議も先に進まない。必要なのは感情ではなく理屈です」

それで思い出した。平城弁護士が述べたのは不確定要素を含む感情論に過ぎなかった。ところが鬼村検察官が試みた反駁はカウンターのかたちをした理屈ではなかったか。

円の腹が次第に冷えていく。檜葉は言外に鬼村の言説を肯定しているのではないか。

「司法改革が叫ばれて、はや三十余年。司法システムは様々にかたちを変えたが、他方再犯率が劇的に減少したとは言い難い。司法システムの基盤が整備されても犯罪の量と質が改善されなければ、結局はただの効率化に莫大《ばくだい》なカネと時間を費やしただけに終わってしまう。システムの整備は法的秩序の安定に繫《つな》がってこそ意義がある。そうは思わないかね」

問い掛けられた円は言葉を失う。

司法制度改革とは「国民の期待に応《こた》える司法制度の構築（制度的基盤の整備）」、「司法制度を支える法曹の在り方の改革（人的基盤の拡充）」及び「国民の司法参加（国民的基盤の確立）」が三本柱だと教えられてきた。法的秩序の安定にまで言及されたのは、これが初めてだった。

気を取り直し、円はようやく口を開いた。

「面目ありませんが、司法制度改革をそこまで突き詰めて考えたことがなかったです」

「なに、わたしだって確固たる信念があって話しているのではない。高遠寺さんからどう見られているか知らないが、これでも人並みに悩んでいる」

檜葉のように知見を積んでいる裁判官から悩みを打ち明けられるとは想像もしていなかった。

「檜葉部長の口から、そんな言葉を聞かされるのは意外でした」

「他人のことは大抵の予想がつくが、案外自分のことは分からないものだ。わたしには自問自答する機会と時間が必要なのだろうね。しかし生憎《あいにく》、定年が迫る中ではおいそれと時間を捻出することも叶《かな》わない。そこで高遠寺さんを見ていて、一つ考えついた」

「何でしょうか」

「わたしも〈法神〉を使ってみようと思うのだ」

3

円は檜葉を東京高裁刑事訟廷事務室に案内した。檜葉が高裁を訪れるのはしょっちゅうだが、訟廷事務室に来ることは滅多にないとのことだった。

「異形だな。それに尽きる」

〈法神〉を見た第一声がそれだった。

「モザイク状の歪形から不穏さと得体の知れなさが漂っている」

「最高裁の外観とよく似ていませんか」

「よく見れば、そう見えないこともない」

類似を指摘されても印象はなかなか払拭できないらしい。

「高遠寺さんは〈法神〉のオーソリティーという触れ込みだったな」

半ば社交辞令と分かっていても反駁したくなった。

「なし崩し的にインストラクターをさせられただけです」

「そうだったのか。ではインストラクターからオーソリティーに格上げしてはどうだね」

これ以上、意に染まぬ名誉を押しいただいても迷惑なだけだ。

「いくら檜葉部長でも、そのジョークはあまり笑えません」

「ジョークのつもりで言ったのではないが。では早速レクチャーをお願いしようか」

「〈法神〉については檜葉部長もご存じなのではありませんか」

「概要は聞いているが、こういうものは信頼できる人間に一から聞いた方がいい」

気恥ずかしいのと誇らしいのとで気持ちが混乱する。

「最初に、部長が判決を下した過去の案件を全てデータ化します」

もう何十回となくした説明を繰り返す。最初の頃は円自身もまごついていたものの、数をこなすうちに流暢《りゅうちょう》になってくる。さながら新作発表会の広報担当といったところだ。

「あなたは謙遜しているが立て板に水のような説明だな」

喜ぶべきか悲しむべきか、複雑な心境に駆られながら説明を終える。

「要点はよく分かった。つまり〈法神〉に個々の倫理観と経験をコピーさせ、もう一人の自分を作るという訳だ」

「ええ。もちろん改正された条文もデータに加わっているので、以前の判断がアップデートされるケースも有り得ます」

個性がデータ化されるというのは、理屈では分かっていても妙な気分だ。

円は持参した檜葉の過去五年分の裁判記録を広げる。記録内の証拠については既に評価済みであり、判決とともにデータ入力していく。

その傍らで、檜葉は入力済みの裁判記録を懐かしげな顔で繰る。

「五年経っても、自分で担当した事件はなかなか忘れないものだな。検察側と弁護側の主張も争点も判決も全て思い出せる」

「それだけ体力気力を集中させていた証拠じゃありませんか」

「人の運命を左右させてしまう仕事だからね。審理中は一切気が抜けない。お蔭でこの十年は、同世代の男より加速度的に老化している」

「そんなことは」

言いかけて円は口籠《くちごも》る。檜葉がこれ見よがしに自分の白髪を指差したからだ。

「まだまだお若いとかのお追従《ついしょう》は言わんでくれよ。多少黒い部分が残っているが、まるで七十の爺《じい》さん並みだ。正直、階段の昇り降りも億劫《おっくう》に感じている」

口を噤《つぐ》んでしまった円を見て、檜葉は含羞《がんしゅう》の色を浮かべる。

「それに比べて高遠寺静判事は凄《すご》かった。定年をわずかに残した退官だったが、髪は黒々として廊下を颯爽《さっそう》と歩くさまは新進気鋭の若者を思わせた。あの常人離れした精力はいったい何に由来したものか、一度ご教授願いたいと思いながらついに訊き出すことはできなかった」

「お訊きになる機会はずいぶんあったでしょうに」

「畏れ多い先輩を摑まえて『若さの秘訣《ひけつ》は何ですか』とでも訊くのかね。当時、セクハラという概念こそなかったものの、単刀直入に訊くのは憚《はばか》られた。そういう空気を醸し出す人だった」

もしや檜葉は祖母を思慕していたのではないか。不意に可能性が浮かんだが、慌てて打ち消した。

やがて過去の裁判例が全てデータ化されて〈法神〉に呑み込まれた。

「これで檜葉部長のデータを〈法神〉が学んだことになります。この状態で、戸塚事件公判前整理手続において開示された請求証拠を各レベルに分類した上でデータ入力します」

「つまり公判を待たずして、現時点での判断を仰げるということか」

「そうなります。ただ、公判で新証拠が提出されたり、どちらかが主張を変更したりした場合はデータ修正が必要になりますけど」

「いずれにしても興味深い」

檜葉は好奇心を隠そうともしない。

「〈法神〉が噂通りの性能を持っているのなら、現時点での自分の考えが端末に表示されることになる。何やら怖いもの見たさと言うか、性格判断とは似て非なるものだな」

「性格判断、ですか」

中国の研究機関が莫大な予算と時間を費やして開発したＡＩソフトを性格判断と断じた檜葉に快哉《かいさい》を叫びたくなった。

「あれだって単純極まりない設問から性格を分類するものだろう。〈法神〉の説明をレクチャーしてもらう限り、設問を多くしてレイヤーを細分化しただけのようにも思える」

「檜葉部長は〈法神〉に批判的な立場なのでしょうか」

「そんなことはない」

檜葉は片手をひらひらと振る。

「大本の理屈が似ていると言ったまでで、最新のＡＩ技術を否定するつもりは毛頭ない」

口では肯定していても、檜葉が人工知能に対して不信感を抱いているのは傍目《はため》にも明らかだった。

ものの本で読んだことがあるが、ちょうど檜葉の世代は日常生活にコンピューターが組み込まれ始めた最初の世代なのだと言う。生まれた時からデジタル技術に囲まれている世代とは、人工知能に対する捉え方が違って当然と言える。

「よろしければお伺いしたいのですが」

「何だね」

「戸塚事件について、檜葉部長はどのような見解をお持ちなのでしょうか」

「それは同じ事件の左陪席に座る裁判官としての質問かね。それとも純然たる個人的な興味なのかね」

「もちろん前者です」

「私見では、公判前整理手続が済んだ時点で圧倒的に検察側が有利だった」

やはりそうか。

「検察側の話によれば、本人の心情を吐露したとされる供述調書を読んでも、殺害の動機は受験勉強の妨げになるという自分本位のものだった。無論、殺された父親が再就職もしないまま飲んだくれて家族に暴力を振るっていた事実は無視できない。しかし犯行態様は正当防衛とは言えず、しかも被告人は父親を殺害したことを後悔していないと明言している。改悛《かいしゅん》の情があるとは到底思えない」

「まさか、検察側の求刑通りという判断ですか」

「いや、さすがに前歴もなく一人殺《あや》めただけで極刑というのは刑罰として苛烈だろう。公判がどう動くか予断を許さないにしても、懲役刑に落ち着くのではないかな」

「弁護側の主張に寄り添うかたちですね」

「ただし、十八歳の被告人が父親を殺害するという行為は社会秩序の面からも容認しがたいものがある。弁護側は量刑を争点にしたいようだが、その場合は無期懲役か有期何年かの争いになるだろうな」

十八歳の少年に無期懲役の刑を下す。その可能性に円は少なからず戦慄《せんりつ》を覚える。無期懲役は死刑ではないので、真面目に務めていればそのうち出所できる印象があるのではないか。

その印象は概《おおむ》ね間違ってはいないものの実状は大きく異なる。一つは懲役の最長期間に関してだ。二〇〇五年以前、懲役は最長でも二十年とされてきた。しかしそれ以後は併合罪の最長が三十年と改正されたため、無期刑の仮釈放審理も懲役刑の三十年が基準となるようになったのだ。そもそも仮釈放されるケース自体が稀《まれ》で、直近の調べでは二千人近い無期懲役囚に対して年間十人も出所していない。割合にすれば〇・三パーセント程度しかなく、数値的には無視できる人数だ。

加えて仮釈放されたとしても、無期懲役囚は国の監督下に置かれる。月に二回は保護観察所に出向かなくてはならず、長期の旅行や転居にも制限がかかる。しかも仮釈放中に無免許運転などの比較的軽い罪でも犯せば即、刑務所に逆戻りとなる。

現在、戸塚久志は十八歳。仮に無期懲役の判決が下ればよほど運よく仮釈放されたとしても、四十八歳から人生をやり直さなければならない計算になる。

前科のある四十八歳にどんな人生が待っているかは神のみぞ知るところだが、生きづらいであろうことは容易に想像がつく。わずか十八歳の少年がそうした未来を突きつけられたらどれだけ絶望するのか。こちらは想像することさえ憚られた。

「十八歳に無期懲役は苛烈な刑罰だと思っているのかね」

心を見透かされ、円は慌てて頭を振る。

「そうは思いません。被害者は殺されているのですから」

「左様。犯した罪と償う罰が同等でなければならないという法はないがバランスは必要だ。昨今、少年法に関して見直しの気運が高まったのは、そうした考えと無関係ではない。何しろ一九四八年に公布された古い法律で、当時と今とでは少年を取り巻く環境も激変している。弁護士には少年法が絶対に必要と主張する者が多いが、検察官や世間一般には逆に厳罰化を望む声が多かった。これまで数回も少年法が改正されているのは、その痕跡でもある」

明言はしないものの、戸塚事件において檜葉が厳しい判決を下したとしても、それは現行の法体制に抗うものではないと言外に告げているのだ。

不意に円はぞくりとした。

データ化する前、過去五年間に亘る檜葉の裁判記録を調べて明確になった事実がある。

各裁判官は事件そのものの内的要因と、社会に与える外的要因によって判決を下すことが多い。従って事件ごとに違う判断をするのは当然だ。ある事件では死刑判決を下し、別の事件では懲役刑を下す。

そしてまた裁判官も人間である限り、量刑判断に個人差が生じる。同じ事件を裁いたとしても

A裁判官は懲役十五年を命じ、B裁判官は懲役十年を命じる。

過去の裁判記録を検《あらた》めた限り、檜葉は厳罰主義に傾いている。ここしばらくは少年犯罪を担当していないので更生を促すような判決を出さずに済んでおり、検察側の求刑通りの判決を出すケースもある。公判において求刑通りの判決が出ることは珍しく、別の見方をすればもっと厳しい求刑をしろと検察側を叱咤《しった》しているようなものだ。

その檜葉が戸塚事件を裁くのであれば、比較的厳しい判決になることは充分に予想できる。まだ下されてもいない判決に戦々恐々としていると、〈法神〉が作業完了を知らせてくれた。

「檜葉部長、出ました」

「プリントアウトしてくれないか」

タッチパネルで指示を出してプリンターの出力を待つ。やがてプリンターが軽快な音とともに判決文を吐き出してきた。

最初に主文が目に飛び込んでくる。

瞬間、慄然とした。

『被告人を死刑に処する』

微《かす》かに強張った指先で紙片を束ねて、檜葉に手渡す。

檜葉はプリントアウトされた判決文に目を落とし、しばらく熟読する。その間、表情はぴくりとも動かない。主文が主文なだけに檜葉の無表情が殊更不気味に思える。

静謐《せいひつ》な時間が流れ、円は胸を締めつけられるような感覚に陥る。被告人ほどではないが、判決を待つ気分というのは、こういうものなのかもしれない。

十五分ほど経過して、ようやく檜葉はプリントから顔を上げた。

「なるほどな」

納得顔で頷いたのを見て、円は少し怖気《おじけ》づく。

「いかがですか、檜葉部長」

「正直、驚いている」

こちらに向き直った顔は、疑問が氷解したように晴々としていた。

「AIがどれだけわたしの倫理観を学んでくれるのか疑問符がついていたが、実際に作成された判決文を読むと既視感がある。既視感があるというのは自分の肌合いと合致しているからだろう」

「〈法神〉の下した判決に納得されますか。主文が死刑とあるのを、ちらっと見ましたけど」

「公判前整理手続の時点から死刑判決は絶えず頭の中にあった」

淡々とした口調が却《かえ》って威圧感を備えていた。

「十八歳という若さを考慮しても無抵抗の父親をメッタ刺しにした残虐性を相殺できるものではない。永山《ながやま》基準から外れる判決ではあるが、あれが明示されたのは一九八三年、今から四十年も前の話だ。四十年で国内情勢が結構な変貌を遂げていることを鑑みれば、永山基準を金科玉条のごとく扱う時代は過ぎたという考え方もできる」

黒鉄《くろがね》が〈法神〉を使用した時にも引き合いに出された永山基準とは、死刑を選択する際の量刑判断基準のことだ。

一九六八年、当時十九歳の少年であった永山則夫《のりお》は東京都・京都府・北海道・愛知県の四都道府県で連続殺人事件を犯した。この重大事件に対し、最高裁判所第二小法廷は控訴審の無期懲役判決を破棄して審理を東京高裁に差し戻した。その差し戻し判決を下す際に提示した傍論が由来となっている。

1　犯罪の性質
2　犯行の動機
3　犯行態様（特に殺害方法の執拗性、残虐性）
4　結果の重大性（特に殺害された被害者の数）
5　遺族の被害感情
6　社会的影響
7　犯人の年齢
8　前科
9　犯行後の情状

いち判決の傍論でありながら、永山基準は今なお量刑判断の基準になっている。戸塚事件に照らし合わせてみれば、4・5・7・8については議論の余地があるものの、他の項目は満たしている。言い換えれば4・5・7・8の項目を納得させることができれば死刑判決もあり得るのだ。

「戸塚被告人に死刑判決を言い渡すとするなら、永山基準をクリアしなければならない。高遠寺さんはその点を気にしているのかね」

「〈法神〉は永山基準に対して、どんな論陣を張っているんですか」

「特に永山基準に触れてはいない」

薄々予想していたことだが、檜葉の口から明言されると改めて衝撃を受けた。

「元々、永山基準は傍論であって絶対的な基準ではない。絶対的な基準でないのであれば、判決文の中でいちいち永山基準に言及する必要はない」

最前の檜葉の言葉が甦《よみがえ》る。

『四十年で国内情勢が結構な変貌を遂げていることを鑑みれば、永山基準を金科玉条のごとく扱う時代は過ぎたという考え方もできる』

「わたし自身、量刑判断に永山基準を持ち出すのは旧態依然であり、ただの責任逃れではないかとさえ考えている。判例に従い、永山基準を守ってさえいれば大きな批判を受けることもないしね」

「敢えて永山基準に触れないことが、新たな量刑判断になるというお考えなんですね」

「そう思ってくれて大きな間違いはない」

静かだが決然とした口ぶりだった。

質問したいことはまだ残っている。

だが確認するのが怖くなった。

「大したものだよ、この〈法神〉は」

円の恐れをよそに、檜葉は感心しきりの様子だった。

「さっきは既視感という言葉を使ったが、読み込むに従って、まるでわたし自身が書いたような錯覚に陥りかけた。論理の骨子もそうだが、文章そのものがわたしの文体になっている。途中からは自分が書いたものとしか思えなくなった。まさか、ここまでの性能だとは想像もしなかったから、嬉しい誤算だったよ」

「論理の骨子が一致しているというのは、檜葉部長も死刑判決というご判断なのでしょうか」

問われた檜葉は、こちらの真意を探るような目で見る。

「実は〈法神〉からプリントアウトされた判決文を読むまでは、自分の中でも悩みがあったんだよ。無論、己の判断基準はあるが、やはり永山基準の存在は大きくてね。死刑判決が頭の隅にあっても永山基準が邪魔をして、なかなか自分の声に正面から向き合うことができなかった。これを読んで蒙《もう》を啓《ひら》かれる思いだったよ」

「邪魔ですか、永山基準が」

「皆、死刑判決の拠《よ》り所として依存し過ぎていたきらいがあったのではないのかと思う。永山基準に固執しないとなれば、わたしの判断は〈法神〉のそれと大きな差異はないと言っておこう」

プリントアウトされた判決文を小脇に抱え、檜葉は訟廷事務室を出ていった。一人残された円はデータ入力の済んだ裁判記録を片づけながら、足元から立ち上る不安に慄《おのの》いていた。

数多の裁判官が死刑判決の拠り所として永山基準に依存し過ぎていたという指摘は、満更的外れと思えない。判決の多くが判例主義であり、画期的な判決が出ない限り従前の判例に追随するのは半ば慣例に近いものがある。別の言い方をすれば画期的な判決は注目されやすく、注目される判決は批判をも浴びやすい。

裁判官は最高裁長官を筆頭に高裁長官、判事、判事補など法律で定員が決められている。個々の裁判官の人事評価は各地裁所長・家裁所長が行うものの、その地裁・家裁の所在地を管轄する高裁と最高裁の長官が調整・補充をするので、実質的な人事権は最高裁が握っていると言っても過言ではない。しかしよほどの失態を犯さない限り、昇格する者としない者は予《あらかじ》め決められている。つまり将来が約束されている者は徒に画期的な判決を下す必要などなく、判例に追随さえしていれば自動的に昇格していくシステムなのだ。

だが既に昇格を諦めた者はシステムに依存する必要はない。判例を無視して手前の知見と倫理観で判決を下せる。

ちょうど目の前に退官が迫った檜葉のように。

前科のない十八歳の少年に死刑判決を下す。現実になれば苛烈な判決として世間から非難される可能性がある一方、画期的な判決として評価されることも充分あり得る。退官を間近に控えた身であるなら失うものは少なく得られるものは多い。世間的評価が高まれば部長以上の昇格も視野に入ってくる。

そこまで考えを巡らせて、円は一層不安に駆られる。十八歳の少年を被告人とする戸塚事件と退官間近の檜葉は最悪の組み合わせではないのか。

永山基準に固執しない量刑判断が旧態依然とした判例主義を覆すという指摘は、確かにその通りだと思う。だが一方、永山基準が量刑判断の標準になっていた事実も否定できない。個々の裁判官で多少の相違はあるものの、多くの死刑判決が世間やマスコミに叩かれなかったのは永山基準という共通の物差しが存在していたからに相違ない。

もし、その共通の物差しが無意味になった場合、各々の裁判官は何を基準にして量刑判断をすればいいのか。

不意に円は自分を支えている床が、ぐらりと揺らいだような錯覚に陥る。物差しを失うのは立ち位置を不明にすることでもあるのだ。

永山基準に固執しないことの是非は、今の円には判断がつかない。

拘泥するのか、それともしないのか。いずれにしても裁判官一人一人に覚悟を迫る状況になるのは間違いない。

円は〈法神〉に目を向ける。

どこか不穏な印象を醸し出す歪形。初見の時よりも禍々《まがまが》しい雰囲気が増しているのは気のせいだろうか。

「ねえ、〈法神〉」

反応するはずのない筐体に何を話し掛けているのかと思うが、今では〈法神〉が人格らしきものを形成しているような錯覚すらある。

「あなたは、いったい何がしたいの」

我ながら間の抜けた問い掛けだが、〈法神〉が何らかの意図で円をはじめとした裁判官たちを誑《たぶら》かしているような疑念が湧く。当然のことながら〈法神〉は答えようとしない。

円では追いつくことも困難な知見を備えた檜葉でさえが〈法神〉のパフォーマンスの虜《とりこ》になった。今更ながら楊が自信たっぷりに〈法神〉を誉《ほ》めそやした理由が分かる。中国大陸の予算とAI技術は、やはり生半《なまなか》なものではなかった。

ところが〈法神〉のインストラクターどころかオーソリティーと祭り上げられそうな円本人は、未だ自分の担当する事件に〈法神〉を使用していないのだ。

いや、たった今、左陪席を務める戸塚事件で〈法神〉が仮の判決を下したばかりではないか。

裁判長である檜葉は〈法神〉の下した判決と自分の判決とに大きな差異はないと言った。このまま順当に公判が進めば、前科のない十八歳の少年に死刑判決が下されることになる。

果たしてそれが正しいことなのか間違ったことなのか、あるいは時流に沿った結果なのか拙速過ぎる思い込みなのか。考えれば考えるほど迷宮に入り込んでいく。

しっかりしろ、自分。

円は己の頰を両手で叩いた。

うじうじと悩んでみても始まらない。まずは自分が納得するまで徹底的に見極めるだけだ。

では最初に何をするべきか。決まっている。戸塚久志本人に会って、その人となりを確認することだ。

4

被告人戸塚久志の精神鑑定については、すでに検察側と弁護側から申請が出ている。鑑定医も決定し、本日はその実施日だった。

円は担当裁判官という立場から鑑定の立会いに臨む。元より裁判官が法廷外で当事者と会うこと自体は厳禁とされていない。必要なのは名目とタイミングだ。その意味で精神鑑定の立会いというのは格好の名目だった。

簡易鑑定なので場所は東京地検の一室を借りて実施される。円は鑑定医が到着する前の空隙を縫って戸塚久志と面会する手筈《てはず》を整えた。

部屋に入ってきた久志は二人の警察官に両脇を固められた上、手錠と腰縄つきだった。鑑定時はともかく、裁判官の面前で縛《いまし》めは外せない。だが、十八歳の少年に対しての縛めは見るのも痛々しかった。

久志の第一印象は、どこにでもいるようなごく普通の少年だった。とても実の父親をメッタ刺しにした犯人とは思えない。

「はじめまして。あなたの事件を担当する裁判官の高遠寺円です」

円を最初に見た久志は、少し驚いているようだった。

「どうしたの」

「女の裁判官もいるんだなあって」

「それ、立派なセクハラよ。気をつけなさい。こちらが名乗ったんだから、あなたも名乗りなさい」

「戸塚、久志、です」

父親を殺した重大事件の被告人であっても、神妙に一礼する姿はやはり少年のそれだった。

「裁判の前に、裁判官が被告人に会ってどうするんですか」

「あなたのした行為や動機については事前の記録で把握している。だから刑事さんや検事さんに話していないことがあるなら聞かせてほしいと思って」

「そんなもの、ないですよ」

久志は不貞腐《ふてくさ》れたようにそっぽを向く。

「事件のことは一から十まで話しました。あの葛城っていう刑事さんにも鬼村という検事さんにもまるで同じことを何度も訊かれ、その度に同じ答えをしました。これが三回目になります」

「別に事件について訊きたいなんてひと言も言ってませんよ」

「それじゃあ何について話せって言うんですか」

「うーん、好きなアニメとか得意なゲーム。もしくは好きなアイドルとかいれば」

「はあ」

久志は素っ頓狂な声を上げた。

「そんなこと、事件に関係あるんですか」

「あるかもしれないし、ないかもしれない。でも、それを判断するのはわたし。あなたは、ただ話してくれればいい」

「俺が好きなアニメやらゲームやらアイドルが、裁判にどう関係してくるんですか」

「それも訊いてからでないと分からない。警察での取り調べや検事調べでは事件当時のことか、争いの原因になった出来事しか訊かれなかったでしょ」

「ええ、まあ」

「あなたは近く、法廷に立たされます」

円に告げられると、久志は途端に険しい顔つきに変わった。

「裁判官としては当事者のプロフィールはもちろん、性格や人となりなども知っておく必要があります。あなたも自分がどんな人間なのかアピールしたいでしょ。でも法廷では、最終陳述を除けばあまり自分を表現できる場面はありません」

最終陳述が何たるかは承知しているらしく、久志の顔に疑問の色は浮かばない。

「お互いを知るためには話してみるのが一番。そう思いませんか」

「裁判官さんと話すことで、俺は有利になれるんですか」

「それも話してみなければ分からない」

「好きなアニメでしたね。最近、ハマってたのは○○です」

タイトルの確認に訊き直す。久志の口にしたアニメは円が聞いたこともないものだった。

「ゲームは××。俺、最終ステージまでクリアしたんですよ」

情けないが再びタイトルを訊き直す羽目になる。ゲームもまた円の知らないものだった。念のためにスマートフォンで検索してみるとアニメもゲームも実在するタイトルであり、何のことはない、円が知らなかっただけの話だ。

今更ながら自分が流行から取り残されていた事実を思い知らされる。裁判業務に忙殺されるようになって二年ほどしか経《た》っていないというのに、その間にアニメもゲームもすっかり様変わりしている。

「逆に、裁判官さんの好きなアニメとかゲームは何なんですか」

ゲームはさほど詳しくないが、高校生時分に熱中したアニメならある。タイトルを告げてやると、今度は久志が戸惑いの表情を見せた。

「あ。それ、俺が小学生の頃にやってたテレビアニメだ」

自尊心を甚《いた》く傷つけられはしたが、とにかく話のとば口は摑めたようだ。

「受験勉強の傍ら、アニメやゲームは楽しんでいたんですね」

「楽しむっていうよりクラスメートとの会話についていくためですよ。共通の話題がなきゃ仲間に入れませんし」

「その感覚は何となく分かります。わたしも似たような動機だったから」

「でもいい大学に進んで裁判官にまでなったんですよね。俺なんかとは全然違うじゃないですか」

「おばあちゃんが教育にうるさい人だったんです。ちょっとでも勉強をサボろうとすると、今無駄に過ごす時間が後々とんでもない損失になるって小一時間も説教して、そのお説教の時間に勉強していた方がずっとマシだった」

案に相違して久志は寂しそうに笑う。

「ちょっと羨ましいです」

「小一時間もお説教されるんですよ」

「それだけ教育に熱心だったってことじゃないですか。ウチでは一切そういうことがなかったです」

「放任主義だったのですか」

「放任なんて、そんなカッコいいもんじゃありません。母親はパートの仕事が忙しくて子どもの面倒を見ている暇がなかったし、父親は高学歴の人間の悪口を喚《わめ》き立てるだけで、とても子どもに教育の機会を与えるなんて考えもしませんでしたから。弟の悟《さとる》の勉強も俺が見ていたくらいです」

捜査資料を紐解《ひもと》いても、戸塚家が兄弟にとって劣悪な環境であるのは窺《うかが》い知れた。弟の面倒を見ながら自分は受験勉強に勤《いそ》しみ、一方で友だち付き合いもこなしていたのだから、久志は勤勉家の部類だったと言えるだろう。

「真面目だったんですね」

「父親がポンコツだと、子どもは却ってまともになるのかもしれません。あんな大人になったら人生お終《しま》いだと思いますからね。そういう意味じゃ教育熱心な父親でしたよ」

「でも、お父さんは電機メーカーを辞める前はちゃんと勤めていたんでしょ」

「会社で働く姿を見たことはなかったけど、家で母親や俺たちに愚痴を垂れ流す姿は最低でした。ちゃんと勤めていたかもしれないけど、家であんな醜態を家族に見せたらアウトです」

「厳しいのね」

「子どもに馬鹿にされた時点で父親失格なんですよ。憎まれてもいいけど馬鹿にはされないというのが父親の最低条件ですから」

「やっぱり厳しい」

「さっき、教育に厳しいおばあちゃんの話をしていたじゃないですか」

「ええ」

「尊敬できる人でしたか」

「一緒に暮らしていた時も、今も一番尊敬しています」

「いいなあ」

久志は心底羨ましそうに呟く。

「家族を尊敬できるなんて最高じゃないですか」

「そんなにお父さんは尊敬できなかったのですか」

「ありとあらゆる面で反面教師でした。正直、口を利くのも視界に入れることすら嫌で、アレは酒臭い息を吐く汚物も同然でした」

　こうまでひどい言われ方をされると、殺された被害者に同情の念が湧く。

「少し言葉を慎んだ方がいいと思いますよ」

「口が汚いのは自覚しています。でも、あの男の顔を思い出すと条件反射みたいに汚い言葉が浮かんでくるんですよ。普段はこんな風じゃないんですけど」

どこかまごつくような表情はいかにも幼く、嘘を言っているようには思えない。

「お母さんは尊敬できる大人じゃなかったんですか」

「母親は、もう完全に被害者ですよ。尊敬の対象じゃありません」

久志はきっぱりと言い放つ。

「いつもあの男に怯《おび》えていました。怯えているから俺や悟を護《まも》ろうとまでは気が回らない。どうして、あんなヤツと結婚したんだろうって思いますよ。まあ、だから俺たち兄弟が生まれたんだろうけど」

話している最中、円はかすかな違和感を覚えていた。どこがどうとは言えないが、生理的にそぐわないものがある。理由を探ってみてもすぐには分からない。

「お父さんを手にかけてしまったこと、今でも後悔していませんか」

「それは本当にしてないんです」

何度も訊かれた質問だったせいか、久志は露骨にうんざりとした顔をする。

「あのまま放っておいたら汚物はますます家の中に広がっていく。退治しなけりゃあの家に住めなくなる。俺たち兄弟はいずれ出ていくにしても、母親が大変ですよ。あいつに限らず、世の中のクズは一掃しなきゃ」

言葉を返そうとしたその時、鬼村検察官が目の前にやってきた。

「高遠寺判事。鑑定の準備ができましたので、そろそろ」

「お邪魔をしました」

時間切れだ。後ろ髪を引かれる思いはあるが、久志の身を鬼村に委ねるしかない。

鬼村に引かれるようにして久志は円の前から去る。

「貴重な時間をいただきました。どうもありがとう」

久志は返事をする間もなく、ぺこりと頭を下げただけだった。

彼らの後ろ姿を眺めながら、円は自分に問い掛ける。違和感の正体は未だに摑めないものの、一つだけ認識したことがある。

円が見る限り、戸塚久志は至極普通の少年だ。父親を軽蔑し斜に構えた面もあるが、父親嫌悪と反抗的な態度はあの年代特有のものと思えば頷けないこともない。

更生の余地は充分にある。あの若い命を絞首台に散らせるのはあまりに切なく、かつ理不尽ではないのか。

公判が始まらないうちから予断を持つのもどうかと思ったが、それを言うのであれば既に死刑判決を念頭に置いている檜葉は予断どころではない。左陪席である自分が被告人に対して一定の心証を抱くのは許容範囲だろう。

何とか久志の死刑判決を回避させるように審理を進められないものだろうか。

円は考えを巡らせ始めた。

四　事実を超えるもの

1

久志《ひさし》の精神鑑定当日も、円《まどか》は官舎に仕事を持ち帰っていた。

作業が遅々として進まない理由は分かっている。戸塚《とつか》事件の公判を考える度に思考が中断してしまうせいだ。

久志の精神鑑定の結果は「責任能力有り」との判断だった。弁護士が入れ知恵したかどうかは不明だが、いずれにしても鑑定人が責任能力を認めた以上、久志は退路を断たれたことになる。

正直、円も心のどこかで精神鑑定に期待していた部分がある。だが期待すること自体が裁判の公正を損なうので封印するようにしたのだ。

だが封印したらしたで、例の冷徹な表示が脳裏に甦《よみがえ》る。

『被告人を死刑に処する』

檜葉《ひば》の考えは〈法神〉の下した判断と相違ないと言う。ならば、このまま公判が進めば久志に死刑判決が下される可能性が高い。檜葉は納得しているようだが、円はまるでできていない。

被告人に肩入れするのは公正ではないが、納得できないまま公判に臨むことは職業倫理に反する。そう自分に言い聞かせながら、何故《なぜ》なのかを自問してみる。

葛城《かつらぎ》から電話が掛かってきたのは、ちょうどその時だった。

『やあ。仕事の話だけどいいかな』

この時刻には大抵どちらかが連絡することになっている。それが仕事絡みであっても差し支えない。

『今日、戸塚久志の精神鑑定が行われたと思うけど』

「責任能力には問題なしという結果だった」

結果を告げると、電話の向こう側で束《つか》の間《ま》の沈黙が生まれる。葛城の溜息《ためいき》が聞こえるようだった。

「葛城さん。戸塚久志の供述を取った時、彼にどんな印象を持ったの」

『普通の高校生だと思った。悪びれたり背伸びしたりしているから、余計に十八歳に見えた。そういう年頃だからね』

自分も同じ印象なので少し嬉《うれ》しかった。

『そういう質問をするのは、誰かが違う印象を抱いているということだよね』

勘が鋭い相手は話が早いから助かる。円は東京高裁管内の裁判所が〈法神〉なるＡＩソフトを試験的に導入した事実を告げた。

『ＡＩ裁判官かあ。中国では既に運用レベルと聞いたことがあるけど、東京高裁でも試験段階だったとはね』

「今のところ、評判は上々」

『円さんはどうなんだ』

「わたしは昔から先進技術との相性が悪くって」

『あー、それは何となく分かる気がする』

「そこは分からなくていいから」

『〈法神〉との折り合いも上手《うま》くいっていないみたいだ』

裁判官の中では自分一人が〈法神〉を使っていない事実を告白した。少しは引かれると思ったが、案に相違して葛城は『まあ、そうだろうね』と納得したように返した。

『人の一生を左右する判決にAIを介在させるのは、僕も抵抗がある。アナクロと言われそうだけど、人が人を裁くのにデジタルな思考が相応《ふさわ》しいとは到底思えない』

言葉がすとんと胸に落ちる。

葛城と一緒にいてよかったと思えるのは、時折円が抱える曖昧な気持ちを言語化してくれることだ。

人の運命をデジタルに判断することの不安。それこそが円の思い悩んでいた元凶だった。

「戸塚事件では檜葉裁判長が〈法神〉の判断を参考にしている」

『その口ぶりだと、えらく厳しい判決になりそうなんだな』

恋人同士とは言え、公判に携わる裁判官の心証を外部に洩《も》らす訳にはいかない。円は口を濁したが、葛城は内容を察したようだった。

「裁判官は一人一人が独立した存在だから、いくら反対意見を言っても最終的に檜葉さんが出す判決に右陪席も左陪席も文句はつけられない。でも、わたしは戸塚久志が厳罰を与えられて当然の人間だとは、どうしても思えないの」

『〈法神〉は中国発のＡＩソフトなんだよね』

「うん」

『試験導入前に検証とかはしなかったのかい。ソフトの中にバグがあるとかウイルスが潜んでいるとか、調べなかったかい』

問われて絶句した。

寺脇《てらわき》から〈法神〉について説明を受けた際、検証の有無には触れられなかった。寺脇の性格上、高裁内で検証作業をしたのであれば間違いなく説明に加えていたはずだ。

「多分、していないと思う」

『らしくない。東京高裁にしてはえらく無防備だ』

「開発者の楊という人が、それはもう自信満々でプレゼンするものだから迫力に呑《の》まれちゃった」

『円さんから聞く限り、とんでもないパフォーマンスみたいだから気圧《けお》される気持ちも分かるよ。でも〈法神〉に対する不信感は得体の知れなさにあるのかもしれない』

言われてみればその通りだ。幽霊の正体見たり枯れ尾花という諺《ことわざ》もある。自分が〈法神〉をどこか胡散臭《うさんくさ》く感じているのは、あの筐体《きょうたい》が文字通りのブラックボックスだからなのだろう。

『円さん、東京高裁に新規の業者を入れることは可能かな』

「どういう意味」

『高校時代の同級生にソフトウェア開発の会社を興したヤツがいる。既存ソフトの検証も請け負っているんだけど、そいつに〈法神〉を見てもらうというのはどうかな』

「是非、お願い」

『性格に多少難はあるけどソフトウェアに関してなら知る人ぞ知る人間だ。信頼してくれていい。東京高裁の許可が出たら、ヤツにスケジュールを調整させるよ』

「よろしく」

電話を切った後、葛城の言葉を反芻《はんすう》してみる。性格に難があるというフレーズが気になったが、葛城の知り合いならば社会不適合者ではあるまいと高を括《くく》っていた。


翌日、円は東京高裁に寺脇を訪ねた。

「〈法神〉の検証をするだと。今更かね」

寺脇は心外そうな顔を見せる。まるで自分が〈法神〉の守護者とでも言いたげな顔つきだった。

「現状、〈法神〉は充分な成果を出しているし、使用した裁判官たちからは何の不満も疑問も出ていない」

「お言葉を返すようですが、〈法神〉は外国産のＡＩソフトです。いくら開発者の楊さんが日本版にアレンジしてくれたとしても、やはりこちら側で検証するべきでした。お国柄も社会体制も違うんですから」

寺脇が〈法神〉の検証を渋るであろうことは薄々予想していた。導入を決めた当人だから、〈法神〉が順調に稼働している今、問題点が指摘されるのは自身の判断を疑問視されているように感じるに決まっている。だから円の側もひと晩かけて理論武装したのだ。

「しかし、現に問題が発生していないのなら、今更検証しなくても」

「今はなくても今後発生する可能性があります」

「そんなに高遠寺《こうえんじ》くんは楊さんが信用できないのかね」

「信用の問題ではなく保全の問題です。何かアクシデントが起きた際、〈法神〉の中身を知っていれば即座に対応できます」

「アクシデントが発生したとしても開発者の楊さんがいれば解決できるじゃないか」

「いずれ楊さんは帰国しますよ」

寺脇は半ば困惑、半ば迷惑そうに眉を顰《しか》める。

「高遠寺くんは、〈法神〉をよほど信じていないようだ」

「信じていないのではなく、転ばぬ先の杖《つえ》が要ると申し上げています」

部総括の機嫌を損ねずに第三者による検証を承諾させなければならない。円は懸命に言葉を選ぶが、生来が交渉下手なのでなかなか思い通りに話が進まない。

「転ぶというのは、具体的にどんな事態を想定しているのかね」

具体的に想定できるのならアクシデントとは呼ばないだろう。

「事が起きてからでは遅いと思いませんか、部長。何らかのアクシデントが発生した時に楊さんがいなかったら、どう対処されるおつもりですか」

「確かにそれは困るな。しかし、あくまで〈法神〉は本格運用ではなく試用期間という位置付けだ。〈法神〉自体、まだ購入していないのだから楊氏あるいは北京智慧創明科技の所有物となっている。彼らの所有物を勝手に検査していいものかどうか」

「別に〈法神〉を分解する訳じゃありません」

実際の検証作業がどんな内容になるか想像もつかないが、ここは押し切るしかない。

「第一、日頃から使う物なら、自分でも定期的にチェックするものではないでしょうか。自分のみならず、各方面に影響を及ぼす仕事なら尚更《なおさら》だと思います」

「その慎重さは高遠寺静《しずか》判事を彷彿《ほうふつ》とさせるな」

寺脇は何気なく言ったつもりだろうが、今回ばかりは皮肉に聞こえる。だが折角、相手が水を向けてくれたのだから乗らない手はない。

「祖母に限らず、慎重さは全ての裁判官に求められるものだと思います。判決を下す資料としてＡＩソフトを利用するのなら、その素性を確認しておくのは決して出過ぎた行為と言えないのではないでしょうか」

「正論でこられると太刀打ちできないな」

ようやく寺脇は白旗を掲げる。

「分かった。〈法神〉を検証してくれ。ただし詳細な報告を上げるように」

「楊さんが何か言ってきたら部長の方で上手く誤魔化してください」

「おいおい、わたしを共犯者にするつもりか」

「検証にＯＫを出した時点で共犯者ですよ」

「やれやれ、巻き込み方まで静判事譲りときたか」

寺脇は懐かしそうに目を細める。

「静判事も押しの強い人でね」

またしても祖母との昔話が始まったが、円は適当に聞き流した。

承諾が得られた旨を電話で告げられた葛城は、早速知人を東京高裁に向かわせると回答した。ソフトウェア開発の分野では知る人ぞ知るという人物が円の前に現れたのは、それから二日後のことだった。

「はじめまして。〈マンダソリューション〉の萬田美知佳《まんだみちか》という者です」

東京高裁の刑事訟廷事務室で対面した萬田は深々とお辞儀をする。挨拶すら不慣れといった様子に、却《かえ》って円の方が戸惑ってしまう。

女性と聞いていたので葛城との間柄を微《かす》かに勘繰っていたのだが、彼女の容姿を見た瞬間に勘違いだと判明した。営業で外回りをする機会も少ないのだろうか化粧っ気もなく長い髪を後ろで無雑作に束ねているだけだ。おどおどとした喋《しゃべ》り方で、碌《ろく》にこちらの顔を見ようともしない。

「か、葛城さんの紹介で参りました。不束者《ふつつか》ですがよろ、よろしくお願いします」

「こちらこそ」

円が会釈をしても萬田は俯《うつむ》き加減のままなので、表情もはっきりとは分からない。これが斯界《しかい》の有名人というのが俄《にわか》には信じられなかった。

「中華ＡＩソフトの検証とのご要望でしたね」

「萬田さんの後ろにある筐体が〈法神〉です」

言われて萬田は振り返る。〈法神〉と同じ高さまで腰を屈《かが》め、しばらく表面を観察する。

「四体構成ですね。このままのかたちで空輪されてきたのですか」

「開発者と助手の人たちが、この場で組み立てました」

萬田は〈法神〉の表面を舐《な》めるように見る。どうやら端子の接続点を確認しているようだ。

「外部入力が極端に少なく、あってもUSB端子のような世界標準ではありません。この筐体だけで完結していて拡張させようという意思が全く見えませんね」

挨拶の時とは打って変わり、きびきびとした口調だった。

「コピーができないように何重ものプロテクトがかかっていると聞いています」

「莫大《ばくだい》な予算をかけている証拠ですね。おそらく本国に設置されたものには拡張機能がついているのでしょう。中華ソフトでたまに見かける輸出仕様です。ホント、あの国は他所《よそ》の国の技術は平気で盗むくせに、自分たちの開発した技術は回路一つ公開しようとしない」

おやと思った。言葉の端々から中国への不満がだだ洩《も》れになっている。

「それでも日中国交を目的とした技術交流として〈法神〉を貸してくれているんですよ」

「技術交流と言いながら、実態はブラックボックスをレンタルしているだけです。そんなもの、技術でも何でもないですよ。日本側からは何の技術を提供しているんですか」

「著名なアニメスタジオのスタッフが中国に渡って、作画のノウハウを伝授しているそうです」

「そういったアナログな技術は受ける側に熱意さえあれば何とかなりますが、機密性の高いハードウェアから学びとるものはありません。よくそんな取引を外務省が認めたものです。クールジャパンを叫ぶ割に、お役所連中はクリエイターの技術や価値に無頓着過ぎますよ」

これは円も同じ意見だったので、こくこくと頷《うなず》いてみせる。だが円と目が合った瞬間、萬田はやはり挙動不審に陥った。

「あ、あのっ、今のは政府批判なんて大それたものじゃなくって、ただのこ、個人的な愚痴で」

裁判所が国の機関だからだろうか、萬田は大変な失言をしたと思い込んでいる様子だった。

「変に萎縮なさらなくてもいいですよ。わたしだって似たようなことを考えているんですから」

「それならいいですけど」

萬田は気を取り直すように首を振ると、再び〈法神〉に歩み寄る。

「何かサンプルがあれば拝見できますか」

求めに応じて黒鉄《くろがね》たちが試行した実例をいくつか提示してみる。法律上の専門知識が必要かとも思ったが、どうやらそうではないらしい。

しばらく実例を確認した後、萬田は合点がいったように小さく頷いてみせた。

「なるほど。要するに裁判官の倫理観と経験則をそっくりコピーしようとするソフトなんですね」

「ええ、わたしも開発者の人からそう聞きました。とんでもない技術ですよね」

「果たして、そうでしょうか」

萬田は懐疑を隠そうともしなかった。

「萬田さん的には大した技術じゃないんですか」

「もう一人の裁判官を創生するというのは大層な言い方ですが、要はデータの集積とパターン化です。高遠寺さんはＡＩの描いたイラストを見たことがありますか」

円が首を横に振ると、萬田は説明するのが嬉しそうな顔つきをする。

「ネットには膨大な量のイラストが存在します。ＡＩにそのデータの法則性を解析させて画像を生成するんです。まあネット上のイラストを拾うというか実際は盗んでいるだけなんですけど、この方法なら絵心皆無のド素人《しろうと》でもそれなりのイラストが作れてしまうんです。画風や条件を指定すれば、その指示に従いますしね」

萬田の言わんとする内容はすぐに察しがついた。

「〈法神〉も、それに似たようなソフトだと仰《おっしゃ》るんですか」

「似ているどころか基本概念は同じですよ。まず六法という枠組みを設定した上で、判例をデータ化して落とし込んでいく。この部分が法則性の解析です。いったん法則が確立してしまえば、後は個々の条件さえ入力すれば擬人化されたソフトが回答を出すので、仕組みは同じです。従ってAI裁判官はAIイラストと同じ弱点を抱えています」

「弱点なんてあるんですか。こうしてお聞きする限りは完璧なソフトに思えるんですけど」

「どちらも過去のデータに準拠しているので新しい概念を生成できないのです。ぱっと見には新しく映っても、分析すれば過去データのパーツを寄せ集めたものと分かります。これはAIと名のつくソフト全般の課題でもあるのですが、分析や再構築ができても創造ができないのです」

目から鱗《うろこ》が落ちる思いだった。

刑法は必要に応じて改正されるが、世情はそれよりも早く変化していく。去年までの常識が今年は通用しなくなっている。だから裁判官には現代感覚が求められる。無論、既存の法律に従って判決を下すのだから無理して背伸びをする必要はないと弁明する裁判官もいるが、裁判員制度も元はと言えば裁判官が市民感覚と乖離《かいり》しているとの批判を受けて生まれたものだ。裁判官が世情に疎《うと》くていいはずがない。

「わたしは部外者なのでよく知らないのですが、裁判というのは新奇性を嫌う傾向にあるのですか」

「そんなことはありません」

円は言下に否定する。

「先例に囚《とら》われず画期的な判断を下す裁判官は少なくありません。マスコミも、そうした判決は積極的に取り上げます」

「ニュースのネタになるということは、画期的な判断がいかに珍しいことかの証拠ですね」

萬田の言葉は正鵠《せいこく》を射ている。円は返す言葉がない。

「ただし、それはあくまでも現時点での話です。AIの機能には推論・探索を司《つかさど》るパートの他、深層学習するパートもあります。自律的に学習する機能ですね。ですから将来的にAIが創作活動に励むようになっても、わたしは少しも驚きません」

将来的にAIが創作の分野に進出すれば失業するクリエイターが増えるのだろうかと、円は余計な心配をする。

「とりあえず〈法神〉の仕組みは理解できました。検証もそれほど時間をかけずに済みそうです」

「検証はどんな風にするんですか。やっぱり筐体を分解して回路を調べたりするのですか」

「まさか。ソフトを検証するのは、やっぱりソフトなんです」

萬田の説明によれば各社がソフト検証のためのソフトを開発しており、〈マンダソリューション〉もその例外ではないと言う。

「自社にAIを導入したいけれどオープンソースソフトウェアの知識や導入経験がなくて躊躇《ちゅうちょ》している企業は結構多いんです。ソフトを利用できる環境を整えたり社員教育に費やしたりする時間や費用は馬鹿になりませんからね。それでソフトウェアのメーカーは検証ソフトを販売しているところが少なくないんです」

民間で働いたことはないが、事情は分かる気がした。誰しも未知の技術やシステムに多額の予算をかけるのを躊躇《ためら》う。知識も経験もないから稟議《りんぎ》を進めるのも難しくなる。

「そこで導入を検討しているソフトを事前に検証し、本番環境に近いパフォーマンスと機能の重要業績評価指標を測定するソフトが開発されるという案配です」

そろそろ萬田の話についていけなくなってきた。

彼女は持参したバッグを床に下ろすと中身を検《あらた》めていたが、ふと思い出したように〈法神〉の筐体ににじり寄った。何をするかと思えば筐体の背面に回って何やら確認している。

「あの、萬田さん。いったい何を」

「さっきちらっとだけ見たのを思い出して。あ、これだ」

萬田は手にしたスマートフォンで背面を撮ると、ようやくこちらに向き直る。

「高遠寺さん、開発者からこれについて何か説明を受けていますか。ステッカーではなく筐体本体に〈2〉という番号が刻印されているんですけど、シリアルナンバーとも思えなくて」

「開発者の楊さんがプレゼンする際、〈法神2号〉と紹介していました。〈2〉というのはその番号じゃないでしょうか」

「〈法神2号〉」

呟くなり、萬田は考え込む。

「〈法神〉は中国の裁判所に普及しているんでしたよね」

「そう聞いてます」

「だとしたら数量を示すシリアルナンバーでは有り得ませんね。むしろ〈法神〉というAIソフトのバージョンと捉えた方が自然のように思えます」

「日本の裁判所向けに手を加えたから2号なのじゃないでしょうか」

口に出してから、楊からは番号について一切言及がなかったことを思い出す。

しばらく考え込んだ後、萬田は〈法神〉を睨《にら》みながら言った。

「すみません、高遠寺さん。検証にはそれほど時間がかからないと言いましたけど、撤回させてください」

「もしよろしければ、2号についてはわたしから楊さんに確認しましょうか」

「お願いします」

円はスマートフォンをスピーカーモードにして楊を呼び出す。

『やあ、高遠寺さん。その後〈法神〉の調子はいかがですか』

「順調に稼働しています」

『それはよかった。わたしの滞在期間もそろそろ終わりに近づいています。不明な点があれば今のうちに質問してください』

滞在期限は中国本国で設定されているものだ。いったん楊を帰国させ、〈法神〉の需要が高まれば、数台の筐体とともに再来日する腹づもりなのだろう。

『わたしが帰った後も〈法神〉が皆さんの強力なパートナーとなることを願っています。我々のAI技術は遠からず世界標準となります。いち早く導入を決めたのなら、日本は我々に続くAI

先進国になるのですよ』

中国に続くＡＩ先進国。筐体に刻まれた〈２〉というのは、ひょっとしてそれを意味しているのか。

「ところで楊さん、〈法神〉の背面に〈２〉という数字が刻印されているんですけど、この数字は何を意味しているのですか」

楊の返答が一拍遅れた。

『対不起《ドゥイブチー》（ごめんなさい）。わたしはソフトの開発に携わりましたが、筐体は別の部署が製造しているので数字の意味は分かりません』

歯切れの悪さは楊らしくなかったが、知らないと言う者を問い詰めることも難しい。萬田はと見れば、仕方がないというように首を横に振っている。

「また何かあったら連絡します」

電話が切られると、萬田は唇を尖《とが》らせた。

「楊という人、あまり隠し立てが上手な人ではありませんね」

「数字の理由が知られると困るんでしょうか」

「さあ。とにかく数字の問題は後回しにして、わたしはソフトの検証に入ります」

2

その頃、葛城は墨田区京島《きょうじま》の喫茶店で事情聴取の相手と対面していた。

「お忙しいところ恐縮です」

「いえ。久志のことで捜査しているんでしょ。だったら一時間や二時間、どうにでも捻出しますって」

正面に座る館川力也《たてかわりきや》は、出されたコーヒーにまだ口をつけてもいない。

「館川さんは、久志さんのクラスメートだったんですね」

「高校入学から三年間、一学年で五クラスもあるのにずっと同じでした。腐れ縁ですよ」

聴取対象を力也に定めたのは、彼らの三年時の担任が久志と最も親しかったのは彼だと名指ししたからだ。

「彼と親しかったのなら、担当した刑事と会うのは拒否されるものと思っていました」

「ニュースの報道を観る限り、久志は犯行を自供しているし証拠も揃《そろ》っている。あいつが親父《おやじ》さんを殺したのは動かし難い事実なんでしょう。それでも刑事さんが捜査を続けているのは何からの意味があるからですよね」

「本人の供述は取ったけれど、充分納得できないことがあります」

「それは今後の裁判で生かされますか」

「断言はできませんが、場合によっては裁判官や裁判員の心証に関わってくることも考えられます」

「そうですか。ところで葛城さんでしたっけ。あなた、ホントに刑事さんですか」

「さっき警察手帳を提示したじゃないですか」

「それはそうですけど、俺のイメージにある刑事とずいぶん違っていて。担任の先生と話しているみたいなんです」

葛城自身、教員免許を取得しているし、一度などは潜入捜査で教壇に立ったこともある。円からは警察官よりも教師の方が向いているとまでからかわれたが、それは言わぬが花だろう。

「刑事らしくないというのは耳にタコができるほど聞いたなあ」

「それ、絶対にマイナスじゃないですから」

力也は身を乗り出して力説してくれる。

「コミュニケーション能力ってすごく大事で。あるとないとじゃ人生が激変するんですよ」

「その口ぶりだと、館川さんはコミュニケーションで苦労したみたいですね」

「コミュ障だって散々言われましたから。高校に入ってからそのせいで浮きまくってましたよ」

「とてもそうは思えないけど」

「きっと久志が近くにいたせいでしょうね。あいつ、鬼瓦みたいだから」

「鬼瓦？」

「魔除《まよ》けですよ、魔除け。久志、俺と違って高校入学の時点でブイブイ言わせてたんですよ。俺らの学校、気風がアレだったからファーストインプレッションがすごく大事で」

「彼はファーストインプレッションに成功したんですね」

「決して本人が望んだことじゃないんですよ」

力也はわずかに目を伏せた。

「きっかけは俺だったんです」

声の調子から力也が話したくないことを話すのだと見当がついた。

「入学当初、俺はイジメの対象だったんですよ」

「イジメの理由は何ですか」

「理由は自分じゃよく分かりません。きっと理由なんてどうでもいいんじゃないですか」

力也は自嘲気味に笑ってみせる。

「俺の場合は母子家庭だったのが、目をつけられた原因でした。父親のいないヤツを苛《いじ》めるなんてしょーもない理由ですけど、要は何かしら欠損している部分があれば標的にしやすかったんです」

環境や出自など自分ではどうしようもない要因を論《あげつら》うことほど卑劣なものはない。その卑劣さを含めての幼児性なのだろう。

「入学早々、俺の家が母子家庭だと分かると、まずパシリをさせられました。その次はカツアゲ、その次はサンドバッグと、まあお定まりのコースです。あのまま続いていたら、俺は無事に卒業できなかったかもしれません」

「担任の先生とか止めてくれる人はいなかったんですか」

「担任にそんな勇気があったら高校教師よりも格闘家になっていますよ。苛めてたヤツらは半グレの舎弟らしくて、現に、在学中に逮捕されたヤバいヤツも結構いましたから」

久志や力也の通っていた高校は特に札付きというものではないが、どんな世界のどんな場所にも不心得者は一定数存在するものだ。分母が大きければ、そういう輩《やから》の頭数も比例して多くなる。

「実際、悪事の片棒を担がされる寸前までいきましたから。久志がいなかったら、とっくに俺も少年院だったかも」

「久志さんとはどんなきっかけで友だちになったんですか」

「友だち、だったのかなあ」

力也は自信なさそうに首を捻《ひね》る。

「腐れ縁で三年間同じクラスだったけど、俺はともかく久志の方がどう思っていたのかは分かりません。いつもつるんでいた訳じゃないし、一緒にいたことも多くないし」

何やら風向きが変わってきた。

「でも、君は久志さんのためなら貴重な時間をくれると言いましたよね」

「恩があるんですよ、久志には。だから友情とはちょっと違うんじゃないかな。向こうも俺なんか親友とは思ってないでしょうし」

「久志さんはどんな学生だったんですか」

「ひと言で言えば孤高ですよ。どのグループにも属さないけれど異彩を放つ、みたいな。成績は上の下、スポーツは陸上競技のみ得意。チームワークが苦手だから仲間ができにくかったですね。はじめは半グレのグループからも誘われたけど、きっぱり断ったと聞いてます」

一つのグループに属さないというのは、葛城の持つ久志の印象とも合致する。尋問の際も自立心の強さが目立っていた。

「きっかけと言うか、久志の側が俺に少しだけ興味を持ったんだと思います。ほら、俺ん家《ち》は母子家庭だから」

「久志さんの家は母子家庭じゃないでしょう」

「ウチが母子家庭になったのは、親父の酒乱が原因で離婚したからです。つまり久志の家と俺ん家はビフォーアフターなんですよ。だから久志も俺に興味を持った。いや、興味と言うより親近感ですかね」

家庭の不幸をジョークにしてしまえるのなら、まだ救いがある。葛城は力也の将来に幸《さち》あれと祈る。

「どのグループにも属さなかったし、つるむヤツらもいなかったけど、久志は皆から一目置かれてました。孤高というのは、そういう意味もあります」

「一目置かれていた理由は」

「正義感が強いんですよ、それもメチャクチャ。理不尽だと思ったら、相手が上級生だろうが教師だろうが関係なしでしたから」

「武勇伝の一つや二つはありそうですね」

「授業中、数学の教師が宿題を忘れた女の子に『これだから水商売をしている母親の子どもはダメだ』って言い放ったんです。その女の子、結構気が強くて嫌われてたから、クラスの半分くらいもつられて笑ったんです。そうしたら次の瞬間、久志がぼそっと呟いたんです。『教師が水商売より偉いなんて誰が決めたんだよ』って。一瞬で教室が凍り付きましたよ」

その時の光景が目に浮かぶようだった。

「当然、教師の方はプライドを傷つけられて久志を睨む訳ですよ。ところが久志が睨み返したものだから、しばらくにらめっこ状態。結局、教師の方が先に目を逸らしました。久志の腕っぷしが強いのは有名でしたからね」

「そういうことが続くと学校に居づらくなるんじゃないですか」

「だと思います。久志、テストではいい点取るんですけど教師の受けが悪くて内申がボロボロだったんです」

「内申がボロボロなのも問題があるでしょう」

「推薦だとメチャ問題ありです。だから久志は一般入試一本槍《やり》だったんです」

そのための試験勉強を父親のせいで満足にできなかった。久志本人の弁だけではなく周辺からの情報を入手すると、父親殺害の動機がより鮮明になっていく。

「劣悪な家庭環境って結構キツいんです。下手したら高校卒業しても影響してきますからね。有名大学を出て優良企業に就職するのが、一番手っ取り早いんです」

「手っ取り早いというなら、最近はＹｏｕＴｕｂｅｒを目指すとかあるでしょう」

「あれは手っ取り早いというか、極端に確率の低い博打《ばくち》みたいなもんです。目先の再生回数が取れるとかで迷惑系ＹｏｕＴｕｂｅｒとかになったら後の人生、棒に振るようなもんじゃないですか。人生逆転を狙うなら、もっと着実じゃなきゃダメです」

力也の弁は至極常識的だが、それでは試験勉強の邪魔だからと父親を殺害した久志はどうだと言うのか。迷惑系ＹｏｕＴｕｂｅｒよりも確実に人生を棒に振っているではないか。

「久志さんには恩があるという話でしたよね」

「俺が馬鹿だったんですよ」

またもや自嘲する口ぶりになった。

「高二の夏休みにバイト、探してたんですよ、俺。でも学校はバイト禁止だし他府県に出るのは交通費かかるしで」

葛城にも憶《おぼ》えがある。夏休みは時間があるがカネがない。学生というのは、そういうものだ。

「そんな時、つるんでたダチから、割のいいバイトを紹介してやるって誘われたんです。そいつを信じてのこのこついていった先が半グレたちのたまり場でした」

ああ、と葛城は心中で嘆息する。そこから先は聞かずとも察しがつく。

「生徒手帳とスマホを取り上げられて、洗いざらい個人情報を抜かれた挙句、時間と場所を指定されました。それからスーツ着せられて、今から会うババアから現金を受け取れって命令されました」

「オレオレ詐欺の受け子だね。そういう特殊詐欺があるというのは知らなかったんですか」

「テレビやネットのニュースで腐るほど報道されてたから当然知ってますよ。だけど、まさか我が身に降りかかるなんて想像もしてませんでしたよ」

「まあ、普通はそうでしょうね」

「何といっても個人情報を抜かれたのが怖くって。あの時はオフクロに迷惑がかかるのだけは避けたかった。失敗さえしなければいい。年寄りから現金を受け取って、半グレに渡すだけなら簡単じゃないかって考えたんです」
十六、七の子どもを受け子にしたのは本人を捨て駒だと思っているからだ。元締めの情報は一つも与えず、現金の受け渡しという一番危険な現場に向かわせる。彼らが逮捕されても痛痒《つうよう》を感じず、成功すれば儲《もう》けものくらいにしか考えていない。
「緊張とか不安とか罪悪感で胸と頭がいっぱいになって、指定された場所に赴きました。そうしたら途中で久志に出くわしたんですよ。本当に偶然で、向こうは図書館から戻る最中でした。あいつ、俺を見て大笑いしましたよ。何のコスプレだって。そりゃそうです。知ってる人間から見たらバカですもん。でも久志は勘の鋭いヤツで、すぐに俺がヤバいことをしようとしているって気づいたんです」

「それで打ち明けた訳ですか」

「力ずくですよ」

当時を思い出したのか、力也は首の辺りを撫《な》ぜた。

「襟首摑み上げて『さあ吐け』ですよ。手が出なかった半グレの方がまだ優しかったくらいです」

「でも打ち明けたんでしょう」

「ええ。久志は全部理解してから、俺の手を引っ張りました。てっきり警察に行くのかと思ったら、あいつ半グレたちのたまり場に案内しろって言うんです」

「え」

「訳も分からず案内したら、久志のヤツ、途中で鉄パイプ拾いましてね。たまり場に着くなり、俺の連絡を待っていた半グレたちをタコ殴りですよ、相手は丸腰なのに。鉄パイプ振り下ろす度に嫌ァな音がして、後で知ったんですけど全員、歯か骨を折ってました」

何とも無軌道な行為に、しばらく葛城は言葉を失った。

「それはちょっと、どころかずいぶんだなあ」

「あいつは仁王立ちしてですね、これに懲りたら二度と力也に近づくなって高らかに宣言するんですよ。半グレたちが地べたに倒れてうんうん呻《うめ》いているっていうのに。それで俺の生徒手帳とスマホを無理やり奪い返して凱旋《がいせん》ですよ。とんでもない展開でとてもついていけなかったけど、少なくとも俺は悪事に加担せずに済みました」

「それからどうなりました」

「詐欺は未遂で、しかも警察沙汰にならなかったので、誰もお咎《とが》めなしです。半グレたちは怪我《けが》の通院で恨み骨髄みたいだったけど、ヤクザより怖い相手に仕返しする気も起きなかったようです」

「正義感だけで片づけるには少々問題のある行動だと思います」

「でも、何の問題にもならず俺も助かりました。もし久志がでしゃばらなかったら、哀れなお年寄りが詐欺の犠牲になっていたんですよ」

力也は清々《すがすが》しく断言する。

「あいつは俺の恩人なんですよ。だから、あいつが父親を刺したと聞いた時も、それなりの理由があるんだと思いました。世間がどう言おうが、きっとあいつの正義だったんですよ」

どんな理由があろうと、人殺しは決して正義にはなり得ない。

葛城の立場ならそう言うべきなのだろうが、何故か胸が痞《つか》えて言葉が出てこない。更に慌てたのは、自身の価値観に揺らぎが生じたことだった。

もし自分が力也の立場に置かれたら、久志を非難できただろうか。

仲間を持たない孤高さと無軌道な正義感。

葛城の中で、久志に対する印象がまた変化しだした。

3

平城《ひらぎ》弁護士が東京地裁を訪れたのは、戸塚事件の初公判を一週間後に控えた日だった。

「保釈や勾留《こうりゅう》についての相談ではなさそうだ」

事務局から連絡を受けた檜葉は明らかに困惑しているようだった。法廷外で裁判官が当事者と面談するのを禁じる法はないが、検察官ならともかく弁護人が面会を求めることはそれほど多くない。檜葉の言う通り弁護人が保釈や勾留を求める場合があり、その際は裁判所側の関心事を探り公判を進める参考にするらしい。もっとも檜葉はそうした行為には意味がないと断じている。そもそも殺人の容疑で逮捕されている被告人を保釈させるというのも無理な話だ。

「現に勾留請求却下を求める意見書や保釈請求書の提出もされていないから、話がまるで見えない。悪いが代わりに面談してくれないか、高遠寺さん」

言い方は慇懃《いんぎん》だが、部長からの依頼は命令と同じだ。円は二つ返事で引き受けるしかない。

書記官室に赴くと、既に平城が待ち構えていた。

「お待たせしました」

「檜葉裁判長との面接をお願いしたはずですが」

「別件で抜けられません。申し訳ありませんがわたしが代わりにお伺いします」

「左様ですか」

平城はさほど落胆する様子もなかった。どうやら切羽詰まった状況に迫られての面接希望ではないらしい。

「本日はどのようなご用件でしょうか。ひょっとして保釈請求ですか」

「本件で保釈請求が認められるとは考えていません。仮に保釈されたとして、戸塚久志には身を寄せる場所もありません」

自宅で待つ母親と弟は、別の見方では自分が殺した男の妻と遺児だ。戻っても居たたまれないであろうことは容易に想像がつく。

「是非、檜葉裁判長に伺いたいことがありました」

「折角ですが今は手が離せないものでして」

「答えていただけるのなら、高遠寺裁判官からでも構いません」

平城は居住まいを正す訳でもなく両腕をだらりと下げている。だが目だけは円を射貫《いぬ》くような鋭さがあった。

円は覚悟を決めた。

「わたしで答えられることでしたら答えますよ」

「本案件について、担当される皆さんは予断をお持ちではありませんか」

単刀直入に訊かれたので、どうしても身構えてしまう。

戸塚久志と話した際、更生の余地は充分にあると思ったのは事実だ。あの若い命を絞首台に散らせるのはあまりに切なかった。それを予断と指摘されれば否定できない。いくら檜葉が死刑判決を念頭に置いていたとしても、自分が予断を持っていい理由にはならない。

「どうして、そんなことをお訊きになるんですか」

質問に質問で答えるのは好きではなかったが、咄嗟《とっさ》に口から出てしまった。

「何か平城先生に誤解を与えるような言動があったのでしょうか」

「特にそういったものはありません。だから、わたしの思い過ごしかもしれません。しかし訊かずにはいられないのですよ。公判前整理手続の際、わたしはずっと檜葉裁判長の顔色を窺っていました。事件を担当する裁判長が公判前にどんな印象を持っているか参考にするためです」

「そういうものが参考になりますか」

「ケースバイケースですね。考えが顔に出る人もいれば出ない人もいますから。しかし顔に出る人は事件の態様や被告人に対する心証が面白いように浮かんできます」

話を聞きながら、円は平城が見かけよりはずっと老獪《ろうかい》で油断のならない相手であるのを思い知る。檜葉の受け止め方はともかく、平城の手法は侮れないと思った。

「檜葉裁判長は顔に出やすいタイプの方のようにお見受けしました」

指摘されれば確かに思い当たるフシがある。檜葉は納得がいかない時はむっとし、事が上手く運べば頬が緩む。人としては当然の反応だが、考えを読まれるのを良しとしない職業の人間には相応しくない資質と言える。だが立場上、円はとぼけるより他にない。

「そうでしょうか。わたしには分かりません」

平城は円の言葉を無視したように続ける。

「手続きの間、檜葉裁判長は白けた表情をしておられました。わたしが量刑について争う旨を告げた時も無駄な抵抗だと言わんばかりの眼差《まなざ》しで、正直弁護しようとする心が挫けかけましたよ」

陰々滅々とした嫌みで、聞いているこちらの方も心が挫けそうになる。そもそも今回の事件は検察側が圧倒的に有利だ。弁護人が挫けそうな要素が満載であり、加えて担当の裁判長の心証が悪いとなれば孤立無援のようなものだろう。

「裁判長の態度が平城先生に要らぬご心配をかけたようなら申し訳ありません」

「要らぬ心配ではありません。こちらにすれば非常に憂慮すべき事柄です」

平城は深く椅子に座り、こちらの反応を窺うように睨《ね》めつける。

「まだ公判が始まる前から先入観を持たれてしまっては、公正中立な判決が期待できないではありませんか」

これは緩やかな抗議に見せかけた恫喝《どうかつ》ではないのか。そう考えた途端、円の負けん気に火がついた。

「第一印象という言葉もあります。だけどわたしたち裁判官はそれに惑わされることなく審理を進めていきます。平城先生が憂慮されるようなことは何一つありません」

「高遠寺裁判官が力説されずとも、わたしは裁判官の皆さんに全幅の信頼を置いています。裁判官という職は広範な知識の他、人間に対する深い理解と洞察力が不可欠ですからね」

「わたしの気のせいなら申し訳ありませんが、皮肉のように聞こえます」

「皮肉ではありません。わたしのみならず全ての弁護人も検察官も裁判官には畏敬の念を持っています。だからこそ、裁判官が入廷する際は法廷にいる者全員が起立し、低頭するではありませんか」

やはり皮肉に違いない。法廷にいる者が裁判官に低頭するのは権威の象徴である法衣を身に着けているからだ。円の人間性に頭を垂れる訳ではない。

「誰もが裁判官の皆さんを畏怖しているから、下す判決には従う。しかし繰り返すようですが、それは個々の裁判官の人間性に信頼を置いているからです。逆の言い方をすれば、審理の中に人間性以外のものが介在すればたちまち信頼を失い、我々はその司法判断に不安を覚えるようになります」

はっとした。

人間性以外のものの介在と言えば思い当たる対象は一つしかない。

「日中両国間における技術交流で、中国はAI技術を法務省に提供したとニュースで見聞きしました。このAI技術は裁判所に試験的に導入されたのではありませんか」

円は注意深く記憶をまさぐる。マスコミ発表で公表されたのは、技術交流でAI技術が提供されたところまでだ。〈法神〉と名付けられたAIソフトが東京高裁管内の裁判所で運用されているのは限られた関係者しか知らないはずだった。

「何故わたしが知っているのかと意外そうな顔をしていますね」

「まさか」

自分の顔を確かめようとしないだけまだましだ。はったりだと分かっていても動揺する。どんなに冷静に振る舞っても、自分はまだ経験値が足りない。平城のような海千山千の駆け引きには即座に対応できない。

「無論、実際の公判にAIソフトが使用されたという記録もなければ証人もいません」

「だったら平城先生の思い過ごしではありませんか」

「証拠がなければ思い過ごし、証拠があれば真実と信じるのは我々司法の世界に住まう者の悪癖かもしれませんね。ただ、一方でわたしは『火のない所に煙は立たぬ』という諺を信じるようなアナクロな人間でしてね」

「生憎《あいにく》ですが仮定の話は苦手なので」

「法科大学院では仮定の事案について弁護側と検察側に分かれて模擬裁判をするじゃないですか」

「それとこれとは話が違います」

「まあまあ」

平城は抗議を軽くいなして話を進めようとする。円はいいように扱われているのを自覚しながら何故か切り上げることができない。

「思考実験などという大層なものではありません。人の罪と罰を人工知能が裁く。それは倫理的に正しいかどうかの議論です。決して難しい話ではない」

「AIというのは過去の膨大なデータから最適解や、あるいは無数のバリエーションを生むのだと聞きました。過去のデータというのは元々人の営みの中から生まれたものです。それならAIの弾《はじ》き出す回答というのは、どのつまり人間が思いつく回答のどれかということになりませんか」

話の流れでAIを擁護する側に回り、円は居心地が悪い。

「元々のデータの出処はあまり問題ではありません。問題なのは各々のデータを重ね合わせる際に、人工知能が被害者感情や更生の可能性をどこまで汲《く》み取るかですよ。司法判断の材料には数値化できるものとできないものがあるでしょう」

それは円も考えていた。過去の裁判例をデータ化して入力する際、義憤や憐憫《れんびん》などの感情はどうしてもデータ化不可の要素になってしまうのだ。ではどうするかと言えば、社会的影響や情状酌量の項目を調整するしかない。

「もちろんAI技術は日進月歩なので、いつかは人工知能が感情を理解する日が到来するでしょう。しかし少なくとも今ではない。さて、人は感情を持たない知能に裁かれて果たして納得するでしょうかね」

「万人が納得する判決というのは難しいですよ。それぞれに正義を主張する者同士が争うのですから」

「その通りです。だが裁断するのが血の通った人間であった場合とそうでない場合、やはり当人の受け止め方は違ってくるのではありませんか」

容赦のない問いかけに円の心が揺らぐ。〈法神〉の利便性に狂喜している同僚の前で押し隠していた疑念が、改めて頭を擡《もた》げてくる。

司法判断に感情が必要か否かは古くて新しい問題だ。最近では裁判員制度を導入した直後に様々な論文が発表され、円もそのいくつかに目を通している。

一例を挙げれば被害者もしくは被害者遺族による意見陳述は聞く者の感情を揺さぶることが往々にしてある。被害の深刻さは被告人が犯人であるかどうかには関連がないにも拘わらず、裁判員が怒りの感情に駆り立てられて有罪判決に傾いてしまう惧れが指摘されているのだ。そこで裁判官は、弁護人や検察官が意図して裁判員の感情を煽《あお》るような言動を取る場合には警戒するように教えられている。アメリカの刑事裁判では、遺体写真など感情を掻き立てる類の証拠を提示するのが許されないケースもあるのだ。

では司法判断に感情は一切不要なのかと問われても返答に窮する。

劣悪な家庭環境が遠因で人間性を歪めてしまう者もいる。生活苦から仕方なく盗みを働く者もいる。人の行いを全て自己責任で片づけるのは簡単だが、それでは情状酌量自体を否定してしまう結果になりかねない。

「平城先生のお話は大変に刺激的ですが、結論の出ない議論は疲れるばかりです」

「結論が出ないのではなく、敢えて出そうとしていないのではありませんか」

平城は手を緩めるどころか、更に追い打ちをかけてきた。

「司法制度にＡＩを導入すれば、遅かれ早かれ心の問題が取り沙汰されるのは目に見えています。しかし山積していく案件を効率的に処理するのにＡＩは都合が良い。だから当然予想される問題を後回しにしてでも現場への導入を急ぐ」

「まるで見てきたように言うんですね」

「ＡＩの何たるかをよくよく調べもせず、導入を早まったお蔭で失敗した企業を数社ほど知っています。見てきたように、ではなく実例なのですよ」

「それを言いたいがために、わざわざお越しになったのですか」

「妙な噂があれば確認したくなるのが人の常です」

何が確認かと思う。噂が本当かどうかはどうでもよく、既に導入されているケースを念頭に置いて牽制《けんせい》しにきたのだ。

「お忙しいところをお邪魔しました」

平城はそう言って腰を上げると、何事もなかったかのように書記官室を出ていった。

後には言葉に殴られてすっかり疲弊した円が残された。

午後には〈マンダソリューション〉の萬田美知佳が訪ねてきた。忙しい時ほど来客が多いというのはマーフィーの法則にあったかどうか、とかくこの世はままならない。

「報告したいことがあったのですが、電話やメールでは説明が難しくて」

萬田はコミュニケーションが苦手そうに見えたが、案外話し好きなのかもしれない。人を見かけで判断するなという祖母の教えを改めて肝に銘じる。

萬田の報告は主に〈法神〉のコストパフォーマンスに関してだった。各裁判所に充てられる費用も無尽蔵ではない。まだ榻からは〈法神〉の価格を聞いていないが、事前に適正価格を知っておけば吹っかけられることもない。いざとなれば萬田を巻き込んで値段交渉する手もある。

「パフォーマンスに関しては非常に優秀だと思います」

萬田は〈法神〉の性能を心底評価しているようだった。処理速度や正確さを説明する時の目は嬉しそうに輝いている。

「それにしても今回は安心しました」

「〈法神〉の性能に対してですか」

「いいえ、本格導入以前にソフトの用途とコストパフォーマンスを検証するというのは、当たり前に思えてそれを実践している企業さんは多くないんです」

「意外です。現物を見もしないで買ってしまうんですか」

「ＡＩが一種のブームになって、ウチでも早くストレージを導入しなきゃと後先考えずに購入しちゃうんですよ。ＡＩを使って何がしたいのか、何ができるのかを検証しないから導入しても宝の持ち腐れにしてしまう。企業の九割が失敗しているというアンケート結果が出ているくらいです」

「九割。そんなに」

「システムの開発には時間がかかるし、適切なテクノロジーパートナーも見つけられない。折角ＡＩを導入しても最適化に手間取ったり、試作品から生産への拡張ができなかったりと、残念な結果に終わった例がホントに多いんです。ＡＩの導入に予算を計上する前に、せめてウチのような会社にひと声かけてくれたらと、切実に思います」

企業の失敗例で、ふと平城の言葉を思い出した。

『ＡＩを導入すれば、遅かれ早かれ心の問題が取り沙汰されるのは目に見えています』

「萬田さん、そうした失敗例の中で、感情や心の問題を先送りにしたケースというのはありますか」

「感情や心というのはＡＩの開発段階で散々取り沙汰されてきた問題です。にも拘わらず、今でも失敗した例は少なくありません」

これまでも語ってきたのだろうか、萬田の顔には徒労感が滲《にじ》む。

「一番有名なのはZillowという、アメリカの不動産仲介マーケットプレイスのケースですね」

「聞いたことのない会社です」

「不動産情報サイト運営を手がける米国最大の不動産仲介業者ですよ。アメリカの不動産情報に関するウェブ検索の三割は同社が持っていると言われています。そのZillow社が収益源の多角化を図ってZillow Offersという事業を立ち上げました。要はアルゴリズムで住宅の査定をし、自社で安く購入し高値で販売するという手法です」

「そのアルゴリズムを担ったのがＡＩなんですね」

「自社開発のＡＩでした。アメリカの何百万もの住宅査定データを取り込み、特定地域の不動産価格の変動や家屋の属性情報を基本にして査定額を算出します。更にこの査定額が数ヵ月後にどれくらい上がっているかも予測することができます」

話を聞いていると〈法神〉との共通点が多いことに気づいた。

「Zillow Offersはその予測値を基に物件の購入額やリノベーション費用を決め、販売額との利ざやを稼いで収益を得ていました。当初、事業は順調に推移していましたが、ある時期を境に事業は黒字から赤字に転換しはじめます。政府の低金利政策によって市場がインフレを起こし、中古住宅の価格が急騰したんです。まず、この急騰が自社開発のＡＩの精度に変調をもたらしました。精巧なＡＩであればあるほど不測の事態には対応が困難になるんです」

精巧であるがゆえの弱点というのは人間にも当てはまる。それを考えると、なるほどＡＩというのは人間臭くもあるのだと、妙なところで感心する。

「そして、ここに感情と心の問題が加わってきます。不動産の購買層の嗜好《しこう》が急激に変化したんです。騒がしい都会よりも静かな郊外に住みたいとか、狭いアパートよりは田舎の一軒家の方がいいとかで需要が変わってきた。当然、嗜好の変化はアルゴリズムで予測できるものじゃありません。過去のデータが膨大であればあるほど予測はそれに引っ張られます。結局、Zillow Offers事業は閉鎖を発表しました。二千名以上の従業員を解雇し、保有していた七千軒もの不動産は叩き売りされ、その損失額は五億ドル、日本円にして約五百七十億円にも上ったということです」

市場のニーズは気分に大きく左右される。過去のデータに依存しすぎたための失敗と言えるだろう。

「感情や嗜好をアルゴリズムに変換できたらというのはシステムエンジニアの見果てぬ夢です。将来的には可能かもしれませんけど、現時点ではクリアすべき課題が山積みの状態です」

Zillow Offers事業の崩壊は〈法神〉の明日を占っているのではないか。円は背筋がぞくりとするのを感じた。

「萬田さんはZillow社の失敗を踏まえた上で〈法神〉をどう評価しますか」

「正直、わたしには裁判官が判決を下すプロセスがよく分かりません。従って司法判断に感情が混入することへの是非も判断できません。ただ一つ言えるのは、〈法神〉による裁断にはモデルとする裁判官以上の情状酌量を採用する余地がないということです。同情や共感といった感情がなければ当然の帰結でしょう」

「では〈法神〉の導入には反対の立場ですか」

「事務作業の効率化を図るためというのであれば賛成です。〈法神〉自体は途方もないパフォーマンスがありますから。しかし司法判断に介入させるのは時期尚早のような気がします」

「少なくとも〈法神〉が人としての感情を獲得するまでは、ですね」

老獪な平城と真摯な萬田。正反対のアプローチながら二人の主張が一致しているのは興味深いことだった。

「司法判断に介入させるのが時期尚早だという考えには、もう一つ別の理由があるんです」

萬田はわずかに眉を顰めた。

「〈法神〉のアルゴリズムを解析していたら、時々奇妙な振る舞いを確認するようになったんです」

4

六月二日、戸塚事件初公判日。

評議室には檜葉と崎山《さきやま》と円、そして裁判員たちが開廷の刻を待っていた。

今回選出された裁判員は三十代会社員男性、五十代自営業者男性、四十代会社員女性、二十代学生女性、四十代無職男性、六十代主婦という構成だ。

「さて、開廷の前に少しだけ注意事項を」

慣れた口調で崎山が裁判員たちに話し掛ける。

「今回、裁判員に選出された方の中には、自分は法律のプロではないとか、自分の投票で被告人の人生が決まってしまうとかで怯えている人もいるのではありませんか」

頷く者はいなかったが、六人全員がこれ以上はないというほど緊張した面持ちだった。おそらく一人や二人は該当する者もいるのだろう。

「でも心配は要りません。元々この制度は刑事裁判の判決に国民の視点、感覚を反映させるのを期待して導入したものです。だから法律のプロではなく、一般市民として普通の感覚で意見を述べてくれた方が本来の目的に合致するんです」

緊張が解《ほぐ》れた様子の者が二名。崎山の説明は続く。

「皆さんのお名前やお住まいは裁判員法という法律により非公開となっています。加えて第三者が皆さんに接触することは禁止されており、あなたたちやご親族を脅かす行為は二年以下の懲役または二十万円以下の罰金という刑罰も定められています。裁判員となった皆さんを諸々《もろもろ》の法律が護ってくれている訳です。どうぞご安心を」

この説明で更に二人が安堵《あんど》の表情を見せた。

「ただし皆さんは、審理上で知った秘密や評議した内容を外部に漏洩してはならない守秘義務を負うことになります。それだけは重々注意してください」

結局、まだ二人が不安を隠せないでいる。裁判員に選ばれたら参加するのが国民の義務とは言え、一日あたり一万円以内の日当では割に合わないと考える者がいるかもしれない。

午前十時、開廷。

檜葉を先頭に円たちが入廷する。法廷では戸塚久志と平城と公判検事の鬼村《おにむら》、そして傍聴人全員が起立していた。

檜葉たちが着席するのを待って全員が座る。

「では開廷します。被告人は証言台の前に立ってください」

檜葉の声に反応して久志が長椅子から前に進み出る。

「被告人は氏名、生年月日、本籍、住所を言ってください」

「戸塚久志、平成十四年七月三日生まれ。本籍は東京都墨田区京島二丁目〇-〇、住所も同じです」

「では検察官、起訴状を読み上げてください」

鬼村が立ち上がる。久志は証言台に立たされたまま、起訴状の内容を正面から聞かされる格好だ。

「公訴事実。被告人は受験勉強が捗《はかど》らず、入試を落ちたばかりで父親と折り合いが悪くなっており、この日も口論となったところ、酔っていた父親にぶたれたことで激昂《げっこう》し、本年三月十三日午後一時ころ、墨田区京島の自宅において父親である戸塚正道《まさみち》を、台所にあった包丁でメッタ刺しにし、もって刺殺したものである。罰条、刑法第一九九条、殺人」

久志は起訴状を読み上げられても身じろぎ一つしない。ただ目の前の鬼村を眺めているだけだ。

「被告人。あなたには黙秘権という権利がありますので、言いたくないことは言わなくても問題ありません。分かりましたね」

久志は浅く頷いて、これに応える。

「先ほど検察官が読み上げた起訴状の内容に間違っているところはありますか」

「ありません」

久志が起訴状の内容を認めたので罪状認否は終了したことになる。

「弁護人はいかがですか」

「被告人と同様です。罪状については争いません」

「では被告人は、いったん元の席に戻ってください」

左陪席に座る円は時折、檜葉の顔を盗み見る。彼が直接久志を見るのは初めてであり、その反応を確かめるためだ。

平城ほどではないにしろ、多少は自分にも観察力はあると思っている。檜葉の顔色を読む限り、彼が久志に同情しているようには微塵も感じられない。

「検察官、冒頭陳述を行ってください」

公判前整理手続の時と打って変わり、鬼村の言葉は朗々としており一切の澱《よど》みがない。これが素の姿なのか、あるいは法廷上での立ち居振る舞いなのか。背筋を伸ばして話す姿は颯爽としており、滑舌が悪く猫背気味の平城とは好対照だ。

「被告人は今月に高校を卒業予定だったが大学受験に失敗し、既に浪人が決定していました。受験に失敗したのはクラスでも少数で、クラスメートが次々に進路を決めていく中で浪人するしかなくなった被告人は心理的にひどく追い詰められていました。進学を機に家を出るという希望も絶たれました。家では被害者である父親の正道さんが昼間から酒を呑み大声を上げていて、自宅での受験勉強が捗らなかったのは全て被害者のせいだ、被害者さえいなければ自分は受験に失敗しなかったと憤懣《ふんまん》が積もるようになったのです」

陳述の内容は供述調書をほぼ網羅しているものだが、細かな表現を変えていることで追い詰められた久志の身勝手な心理が印象に残るように再構築されている。自分のような裁判官はともかく、裁判員たちには効果覿面《てきめん》かもしれない。

「事件当日も予備校の入学手続きをしているというのに被害者が騒いでいるのを聞き、憎しみを募らせていました。やがて我慢がならなくなり、被害者のいる居間に飛び込みました。被告人が『少し静かにしてくれ』と抗議すると、被害者は『親に向かってその口の利き方はよくない』と窘《たしな》めてきたのです。更に被告人は『プータローが一丁前に父親づらするな』と被害者を口汚く罵倒し、二人は取っ組み合いとなりました。被告人は気が立っているところに被害者の反撃に遭い、かっとなって台所から包丁を持ち出し、ほぼ無抵抗だった被害者に襲い掛かりメッタ刺しにしました。刺し傷は大小十五ヵ所にもおよび、脇腹に入った一撃が致命傷となりました。死因は出血性ショックであります。被害者が血塗《ちまみ》れになると被告人は急に怖くなり、被害者を介抱したり救急車を呼んだりなどせず、その場に包丁を放り捨てると家の外に逃げ出しました。その後、被告人は通報を聞いて駆けつけた警察官に身柄を確保された次第です」

鬼村は温度を感じさせない目で、じっと久志を捉えている。高校を卒業したばかりの少年なのだから怯えて当然なのに、久志は物怖じもせず鬼村を睨み返している。十八歳にしては大した度胸だと円は感心するが、違う目で見ればひどく太々《ふてぶて》しく映るかもしれなかった。

「以上述べたように、殺害のきっかけは衝動的ながらもその動機は徹底して自分勝手であり、大学入試の失敗を父親に転嫁するという極めて自己中心的なものであります。しかも無抵抗の被害者に対し合計十五回も凶器を振るう行為は、相手が肉親であるという事実を含めて残虐非道と断ずるより他ありません」

被告人の年齢が十八歳という点に触れないのも上手いと思った。犯罪の事実をいかにして陳述するかが公判検事の腕の見せどころだ。

冒頭陳述が終わったのを見定め、檜葉は平城に向き直る。

「弁護人の証拠意見はいかがですか」

検察側の証拠に不審なものがあれば不同意を示す場面だが、既に平城は公判前整理手続で証拠について異議を出さなかった。

「全て同意します」

当然の回答だが、この発言によって争点は量刑判断に定まった。

その後、鬼村によって提出する証拠についての説明がなされた。甲一号証から番号順に説明されるが弁護側からの不同意がないため、特に詳述のある証拠物件は存在しない。ものの十分ほどで終わってしまった。

「検察官の証拠意見はいかがですか」

「全て同意します」

次に弁護側が提出した証拠について説明がされる。もっともこちらの証拠は平城が何とか情状酌量を得るために掻き集めた証言の数々だ。近隣住民、久志の友人、担当教師による久志像の集積であり、鬼村は全てに同意した。いずれにしても公判が長引く要因は見当たらず、早い段階で結審する見込みが濃厚になってきた。

「それでは被告人質問を行いますので、被告人は証言台の前に立ってください」

檜葉の指示で、久志は再び証言台の前に移動する。

ようやく出番のやってきた平城が証言台に近づく。久志は平城の質問に答えるかたちだが、顔は檜葉に向けていなければならない。

「先ほど検察側の冒頭陳述がありましたが、被告人は訂正を求めたり付け加えたりすることはありますか」

「俺がしたことは言われた内容そのままですけど、父親の凶暴さが入っていません。普段から母親に手を上げる男で、酔ったらもっと乱暴になる。言葉も乱暴で、『その口の利き方はよくない』じゃなくて『その口の利き方は何だ』と言われました。取っ組み合いになった時も向こうは無抵抗じゃなく、結構やり返していました。それでこっちも気が動転したんです」

「ありがとうございました」

次に鬼村が質問に立つ。

「今、被告人は『取っ組み合いになった時も向こうは無抵抗じゃなく、結構やり返してい』たと証言しました。それは本当ですか」

「本当です」

「しかし、あなたが身柄を確保された際、警察官が身体検査をしていますが、軽い外傷しかなかったと報告されています。具体的には甲七号証の写真です。被害者からやり返されたのなら、それなりに外傷が残っているのが普通じゃありませんか」

束の間、久志は鬼村を睨んだ後、檜葉に視線を戻した。

「こっちもずいぶん殴られました。父親のパンチはあまり効かないので痕に残らないんですよ」

「質問を終わります」

壇上から見ていた円は落胆する。今の久志の証言は逆効果だ。鬼村とのやり取りで、久志が罪を軽くするために悪足掻《わるあが》きしているように裁判員には見えてしまう。

「弁護人は再度質問しますか」

円と同じ感触だったのか、平城は口惜しそうに「いいえ」と答えるにとどまった。

「被告人質問が終わりましたので、被告人は元の席に戻ってください」

言われた久志は足取りも重たそうに長椅子に引き返す。

「では検察官、論告・求刑を述べてください」

「冒頭陳述でも言及した通り、本件は自分勝手な被告人が大学入試の失敗を父親に転嫁し、口論の末に父親である被害者を合計十五回にも亘《わた》って刺し続けたという残虐非道な行いであります。被告人が二十歳に達していない点を考慮しても、その罪は深く重いものと受け止めざるを得ません。加えて被告人は逮捕、勾留に至るまで反省の弁を一切述べていません。補導歴がある事実も踏まえれば、被告人には改悛《かいしゅん》の情が見られず、更生の余地も見えません。よって検察は被告人に対し死刑を求刑するものであります」

さすがに死刑の求刑は想定外だったらしく、傍聴席からは大きなざわめきが起きた。

「そんな」

「十八歳だぞ」

ざわめきは見る間に拡大し、廷内は収拾がつかなくなった。

「静粛に願います」

檜葉が注意しても、ざわめきは一向に収まる様子を見せない。

「大きな声を出す人は退廷してもらいます」

書記官のひと言でようやく騒ぎは沈静化したが、死刑求刑の衝撃は余燼《よじん》となって法廷に漂っている。円が一瞥すると、六人の裁判員は場の空気に圧倒されて落ち着きを失くしているようだ。

檜葉も同じ感触を得たらしい。右陪席の崎山に何事か耳打ちすると、次は円に向き直った。

「甚だ異例ですが、裁判員の動揺を考慮して弁護人の弁論は次回に回します」

「はい、結構です」

檜葉は法廷を見渡して告げる。

「では次回期日を明日六月三日とします。閉廷」

閉廷するや否や、早速傍聴席から飛び出した数人がいた。十中八九、新聞かテレビ局の司法記者だろう。十八歳の少年に死刑が求刑されるのは非常に稀《まれ》だ。いくつかの社はトップ扱いの記事にするのではないか。

評議室に戻るなり、裁判員の何人かは短く呻いて椅子に座り込んだ。

「何だよ、死刑って」

「まさか、あんな求刑になるなんて。裁判の九割は量刑を争うって聞いてたぞ」

「まだ十八歳なのに」

「傍聴席、見ましたか。皆、えらい騒いでましたよ」

「そりゃあ騒ぎもするでしょう。何しろ殺害されたのは一人なのに死刑求刑なんて、そうそうあることじゃありませんからね」

「でも、実の父親を殺したのならねえ」

六人は全員、動揺を口にした。この状態のまま審理を続けていれば、感情に流されるのは必至だ。初公判を早めに切り上げた檜葉の判断は的確だったと言える。

「裁判長」

最初に訊いてきたのは三十代会社員男性だった。

「一人の殺人で死刑判決というのは有り得るのですか」

「法律上は有り得ます」

「つまり実例はないということですか」

「いいえ、平成十四年に起きた三島・女子短大生暴行焼殺事件では被害者が一人でしたが、死刑判決が出ています」

これは帰宅途中の女子短大生を拉致して暴行し、挙句の果てに頭から灯油を浴びせて火をつけた事件だった。一審では無期懲役だったが、犯行の残虐性を理由に二審では死刑となった。

「では被告人の年齢はどうですか。十八歳の少年少女に死刑判決が出たことはありますか」

「有名な事件ですが、光市の母子殺害事件という事例があります。被告人は当時十八歳で前科もありませんでしたが、一審二審で無期懲役の判決が出たものの最高裁で破棄の上差し戻され、差し戻し審では死刑判決が下されました」

そうですか、と答えたきり男性は押し黙る。

次に質問してきたのは四十代会社員女性だ。

「その光市母子殺害事件ですが、被害者のご主人が地道な訴えを続けた結果、最高裁が差し戻しをしたという記憶があります。やはり遺族感情がそれだけ激しかったので異例の判決となったのでしょうか」

「厳密に言えば遺族の訴えが無益とまでは言いませんが、それだけで差し戻しが決まる訳ではありません。当時の少年法では十八歳未満の少年はどんなに残虐な殺人を何件起こそうと死刑を科すことはできませんでした」

「それがどうして」

「ひと言で言えば、死刑判断の基準が今までとは変化したということです」

檜葉の言葉にいち早く反応したのは二十代学生女性だった。

「少年法の改正と関係あるのでしょうか」

「光市の事件が全く無関係とは言いません。ただ、少年法の改正とは別の観点から基準の見直しが図られたというのが正しい見方でしょう。あなたは永山《ながやま》基準というものをご存じですか」

「いいえ」

早速、檜葉が講師となって臨時の法律講座が開かれる。嚙み砕かれた説明で、女性は永山基準を理解した様子だった。

「つまり従来のように永山基準を用いての司法判断に見直しの気運が生まれているのは確かと言えるでしょう」

「その考え、腑に落ちます」

六十代主婦がぼそりと呟く。

「殺した人の数で死刑かそうでないかが決まるなんて変です。極端な例かもしれないけど、戦場では殺した敵の数なんて誰も問題にしないじゃないですか。問題なのは数よりも内容なんですよ」

「戦場での行為と比較するのは困難ですが、個別に案件を吟味するというのは間違っていません。判例はあくまで参考程度に捉えてもらえれば結構です」

躊躇を見せながら口を開いたのは五十代自営業者男性だった。

「いくらやかましいからといって、実の父親を包丁でメッタ刺しはないよね。そりゃあ事件当日は酔っていただろうけど、それまでは父親の稼ぎで生活して高校まで行ってたんだもん。そういう恩がありながら親殺しっていうのは、やっぱり日本人の感覚としちゃあ許せないよねえ」

自営業者男性は同意を求めて他の裁判員たちの反応を窺う。すると四十代無職男性がやや困惑したように答えた。

「それってあなたの感想ですよね。日本人の何割が親殺しを許せないなんて統計でもあるんですか」

「いや、別に統計なんか取らなくたって常識ってものがあるじゃない」

「常識と言うなら、受験生のいる家で昼間っから酒を呑んで騒いでいる父親の方がよっぽど非常識ですよ。僕は被告人の少年が、かっとなった気持ち、少し分かる気がする」

「いや、ちょっとあなた。いくら何でもそれは被告人の坊主に肩入れしすぎじゃないのかね」

「そういうあなたこそ、酒浸りだった被害者に肩入れしているんじゃありませんか」

「被害者に感情移入しちゃうのは当たり前だよ。いくら子どもだからといって許されることと許されないことがある。許されないことをしでかした人間に感情移入するのはまずいよ。テロリストに共感するようなもんじゃないか」

「テロリストは関係ないでしょう」

討論の物言いと内容が次第に論点からずれてきた。このままでは口論になりかねないと円が危惧した時、崎山が二人の間に割って入った。

「すみませんが、話を本件に戻しましょうか。先ほどの審理で明確になったのは、この事件が認否ではなく量刑を争う裁判になったという事実です。従って皆さんには被告人の犯行が死刑に相当するものなのか否か、死刑でないとするなら懲役何年が相応しいかを協議してもらうことになります」

「でもですね」

二十代学生女性が困惑顔を向けてくる。

「さっき裁判長は、判例はあくまで参考程度に捉えろと仰いましたが、そもそもわたしたちはどんな判例があるのかも知りません。何の判断材料もないのに、量刑を考えろというのは少し無理があります」

「協議に必要な判断材料は全て揃えます」

檜葉は慌てるなというように片手を挙げてみせる。

「わたしが言ったのは参考程度に留めて、過去の事例に引き摺《ず》られるなという意味です。皆さんなら、この違いはお分かりでしょう。いや、お分かりいただけないと困ります」

一斉に裁判員たちの目が檜葉に注がれる。

「少々きつい言い方になりましたが、それは判決を下す際の投票において、皆さんの一票は我々裁判官の一票と全く同じ重みを持つからに他なりません。評決の直前まで、ご自身が納得するまで考え抜いてください。道に迷い、惑い、呻吟するのは我々裁判官も同じなのです」

特段熱を込めた訳でもないのに、檜葉の言葉は皆の胸に響いたようだ。一人などは感極まったのか瞳を潤ませているではないか。

だが、円は却って疑念を抱く。檜葉の言動は裁判員には適切なアドバイスだ。円としても何ら反論する余地はない。しかし一方、永山基準を意図的に軽視させようという企《たくら》みも見え隠れする。

被害者が一人であっても犯人が十八歳であっても、死刑判決は充分あり得る。そう告げた上で、裁判員の一票が裁判官の一票と同格であると念を押しておく。

それは真綿で首を絞めるような脅しと言えなくはないか。
本人たちが自覚しないうちに、己の意見に同調させようとする圧力にはならないか。
穏やかな空気に戻った評議室で、円は刺々《とげとげ》しさを肌で感じていた。

五　AIを超えるもの

1

六月三日、戸塚《とつか》事件第二回公判は弁護側の弁論で始まった。

法廷には昨日の混乱ぶりの残滓《ざんし》がまだ漂っている。傍聴席を眺めれば見覚えのある司法記者の顔がいくつもある。夕刊の記事に間に合わせた彼らは、今日もスクープを抜く気満々の様子だ。

評議室で甲論乙駁《こうろんおつばく》を繰り返した裁判員も今日は落ち着きを取り戻し、平城《ひらぎ》による弁論を待っている。検察側の死刑求刑に対して彼がどう反論するのか、興味津々というのが正直なところだろう。

「それでは弁護人、弁論をどうぞ」

平城が立ち上がり、円《まどか》たち裁判官に視線を向ける。

「まず、当時被告人の置かれた状況を考慮する必要があります。劣悪な家庭環境のせいで入試に失敗した被告人は失意のどん底にありました。ところが予備校入学の手続きをしている最中にも父親の声で集中できなかった。裁判官と裁判員の皆さんの中にも受験勉強で神経を過敏にしていた経験をお持ちの方もいるでしょう。他人事《ひとごと》ではなく、我が身を振り返って被告人の気持ちを理解していただきたい」

裁判員の中で比較的若い数人が浅く頷《うなず》いた。

「次に検察官の指摘した『口論の末に父親である被害者を合計十五回にも亘《わた》って刺し続けたという残虐非道な行い』に関してですが、複数回に亘っての行為は父親憎しからではなく、逆に父親が恐《こわ》かったからという解釈が成り立ちます。被害者が今にも立ち上がって反撃してくるのではないか。過去の殺傷事件で、多くの被告人が証言した内容でもあります。弁護人は、かかる被告人の行為を残虐非道さではなく、むしろ小心さが招いた結果であると弁明するものです」

円は平城の弁論に一定の評価をする。十五回に亘る殺傷行為は紛れもない事実であり、心証の悪さを引っ繰り返すには発想の転換が必要だ。

「三点目ですが、検察官は『被告人には改悛《かいしゅん》の情が見られず、更生の余地も見え』ないと述べました。しかしながら被告人はまだ年若く、感情表現に拙《つたな》いところが多々見受けられます。これも皆さんが十八歳であった頃を思い返していただければ、言動に表れること全てが本心でないことに共感できるのではないでしょうか」

断定口調で言えないのが痛し痒《かゆ》しだが、平城の立場ではこれが精一杯だろう。鬼村《おにむら》の論告に対する弁論としては及第点と言える。

「従って検察側の死刑求刑は十八歳の被告人には苛烈に過ぎ、懲罰主義に偏っていると言わざるを得ません。弁護人は被告人の年齢を鑑《かんが》み、保護観察処分を求めます」

期せずして傍聴席から何人かの溜息《ためいき》が洩《も》れた。

今の弁論によって、平城が少年法の枠で闘う戦術であるのが判明した。少年法の主な目的は、少年の健全育成だ。そして、「非行のある少年に対して性格の矯正及び環境の調整に関する保護処分を行うとともに、少年の刑事事件について特別の措置を講ずること」と明記している。

検察側も弁護側も久志の殺人を認めた上で、相反する処罰を求めている。かたちの上では量刑を争う裁判だが、実質は有罪か無罪かの処遇を決しようとしているのだ。

裁判員はもちろん、傍聴席の司法記者たちも公判の流れが把握できたとみえ、ますます興味を深めた感がある。

「書記官。証人を呼んでください」

檜葉《ひば》の指示で書記官が女性を伴ってやってくる。

証人は久志の母親戸塚京美《きょうみ》だった。

廷内にまたざわめきが生じる。

「今回、弁護人から被告人の情状に関する証人としてその母親の証人尋問が請求されました。これより証人尋問を行いますので、証人は証言台まで進み出てください」

檜葉は被告人の母親と紹介したが、京美は同時に被害者の妻でもある。証人としてはかなり複雑な立場であり検察側は回避したかったようだが、平城が説得に説得を重ねて京美の承諾を得たという経緯がある。

証言台の京美はひどく憔悴《しょうすい》しており、立っているのもやっとという体だった。それでも久志の横を通り過ぎる際、ちらりとだけ息子と目を合わせたのを円は見逃さなかった。

「証人、体調がすぐれないのなら申し出てください」

「大丈夫です」

「では証人。お名前を言ってください」

「戸塚京美です」

「住所、年齢等は出頭カードに記載いただいた通りですね」

「はい、そうです」

「証言台にある宣誓書を読んでください」

「『良心に従って真実を述べ、何事も隠さず、偽りを述べない旨を誓います』」

「結構です。それでは弁護人、どうぞ」

既に打ち合わせは済んでいるのだろう。平城を前にしても、京美はあまり緊張した様子を見せない。

「証人は被告人が生まれた時からずっと一緒に暮らしていたのですか」

「はい、そうです」

「では被告人の人となりを最もよく知っていると考えていいですか」

「はい、わたしはそう思っています」

「被告人、久志さんはどのような人物でしょうか」

「親思い、弟思いの優しい子です。いつもわたしを心配してくれて、中学二年生からは、わたしがパートで遅くなると自分と弟ばかりか、わたしの分の夕食まで作り置きしてくれました」

「日頃、口より手が先に出る方でしたか」

「いいえ。家でわたしや弟の悟《さとる》に手を上げるようなことは一度もありませんでした」

平城の目的は久志の心証を少しでも良くすることだが、あからさまに過ぎる。だが父親殺しの汚名を緩和させるためには、あからさまなくらいがちょうどいいのかもしれない。

「被害者、戸塚正道《まさみち》氏について伺います」

次に平城が狙ったのは被害者の印象を下げることだった。

「被告人の供述から、被害者は以前から酒浸りであり、会社をクビになっても再就職せず、そういう生活を続けていたようですね。本当ですか」

「本当です」

「あなたがパートのシフトを増やして生活費を捻出しても、被害者は生活態度を改めようとしなかった。それればかりかあなたに手を上げたとのことですが、それも本当ですか」

「本当です。夫は元から酒癖が悪く、会社をリストラされてからは一層ひどくなったんです」

「暴力はどのくらいの頻度だったのでしょうか」

「週に一度くらいの割合です」

「供述によれば、被告人は三回ほど近くの交番に駆け込んだようですね。あなたは同行しなかったのですか」

「わたしが夫から殴られたのはその通りなんですが、世間体があり、久志についていってやれませんでした」

裁判員のうち、女性陣に変化があった。彼女たちは京美の話を聞くうち、どんどん険しい顔に変わっていく。

「これも被告人の供述によれば、ずいぶん暴行の痕が残っていたようですね」

「お恥ずかしい限りです」

「被告人も暴行の対象だったようですね」

「中学に入った頃からぐんぐん背丈が伸びて、夫と対抗できる体格になったので、喧嘩《けんか》になっても一方的ということにはならなくなりました」

「そうですか。しかし被告人に反撃されたのでは、被害者も面目丸潰れだったのではありませんか」

「そういう時はお酒の量が増えました」

京美が証言すればするほど、父親正道の印象は悪くなっている。少なくとも裁判員六名の反応を見る限り、平城の作戦は奏功していると言える。

ただし六人の裁判員の心証を引っ繰り返したとしても、裁判長の檜葉に効果があるかは甚だ疑わしい。現に京美の証言を聞いていても、檜葉は眉一つ動かしていない。

「事件当時、被告人と被害者が争った時、あなたは近くにいたんですね」

「ええ、悟と抱き合って、二人の様子を見ていました」

「その際の出来事については資料に詳述されているのでここでは繰り返しません。しかし証人が目撃した限り、被告人は殺意を持って被害者に向かっていましたか」

「最初に殴り掛かったのは夫の方で、久志もまさか父親の命を取ろうとまでは思っていなかったはずです」

「異議あり」

ここで鬼村の手が挙がった。

「裁判長、弁護人は証人から単なる印象を引き出そうとしています」

「異議を認めます。証人は自分の考えではなく、事実のみを述べてください」

「質問を終わります」

鬼村の横槍《よこやり》が入ったものの、今のやり取りで久志が父親と対峙《たいじ》せざるを得なかった状況は裁判員に強く印象づけられた。弁護側の一ポイント先取といったところだろう。

「では検察官、証人尋問を」

鬼村は立ち上がると、京美の顔を正面から見据える。京美は逃げ場を失《な》くした小動物のように落ち着きを失ったようだった。

「被告人は優しい性格ということでしたね。間違いありませんか」

「間違いありません」

「しかし、被告人は以前、暴力事件で補導されていますね。しかもほとんど無抵抗の相手を一方的に叩《たた》きのめしている」

「でも、その事件では」

「証人は質問されたことだけに答えてください」

平城が被害者の印象を悪化させたかと思うと、鬼村は被告人の印象を下げる方向に舵《かじ》を切る。これもまた法廷戦術の一つだ。

「被告人が被害者をメッタ刺しにしている場面を、あなたは目撃しているんですよね」

「はい」

「どうして止めようとしなかったのです。本当に被告人が優しい性格なら、あなたのひと言で暴行をやめたはずではありませんか」

「やめるようには何度も言いました。でも、本人には聞こえなかったみたいで」

「それはあなたの声が小さくて聞き取れなかったということですか」

「声は決して小さくなかったです」

「では、被告人が被害者をメッタ刺しにすることに熱中して耳に入らなかったからですか」

京美が何事か答えようとした矢先、鬼村はそれを手で制した。

「まだ質問の途中です。殺害されたのはあなたの夫ですよね」

「はい、そうです」

「日頃、被害者について憎しみを募らせていましたか。あるいは目の前から消えてほしいと思っていましたか」

「いいえ、それはありません」

「被害者に殺意を抱いたことはありますか」

「いいえ、ありません」

狡《ずる》い質問だ。そんな訊《き》き方をされて肯定する者などまずいない。

「では、被害者が亡くなって悲しいと思いましたか」

「それは、その、当然です」

「では当然、被害者を殺害した犯人を憎いと思ったのですね」

「わたしは」

「質問を終わります」

「是非、検事さんと裁判長に申し上げたいことが」

「証人は質問されたことだけに答えてください。検察側の質問はこれで終わります」

証人に最後まで答えさせず、己の断定的な発言だけを印象づけて質問を切り上げる。正攻法とは呼べないが、犯行態様の残虐さを際立たせるには有効な対処と言える。案の定、つい今しがたまで険しい顔だった女性裁判員たちは元の表情に戻っている。平城に取られたポイントを取り返したかたちだ。

円が見る限り、京美の証人尋問は検察側がやや優勢だった。平城が母親の口から折角久志の人となりを引き出しても、すぐさま鬼村が犯行態様の残虐さを思い出させてしまった。

檜葉は相変わらず無表情のままでいた。

「ご苦労様でした、証人。元の位置に戻ってください。それでは被告人質問を行いますので、被告人は証言台の前に来てください」

京美と久志がすれ違うようにして証言台を入れ替わる。その瞬間、二人の肩が触れ合ったように見えた。

久志が証言台に着くと、まず平城から質問に入った。

「被告人。事件当時のことはまだ記憶に新しいですか」

「いいえ」

久志の声は、長らく喋《しゃべ》っていないような擦《かす》れ声だった。

「断片的には憶《おぼ》えていますけど、全部は思い出せません」

「具体的には被害者と摑《つか》み合いの喧嘩になった時の模様を思い出してほしいのです。被告人が供述の中で述べているのは次の通りです。『私が「少し静かにしてくれ」と抗議するなり、あの男は顔色を変えたんです。「親に向かってその口の利き方は何だ」って。こっちはこっちで受験勉強を邪魔された恨みがあったから、「プータローが一丁前に父親づらするな」と言い返したら、いきなりあいつが飛びかかってきました。二、三発は殴られたと思います』。最初に手を出してきたのは被害者の方だった。これは間違いないですか」

「間違いありません」

「被害者が飛びかかってきたということは、あなたに馬乗りになった上で殴ったのですね」

束の間、久志はその時の記憶をまさぐるように天を仰いだ。

「ええ、そうです。馬乗りされて上半身の自由を奪われました」

「殴られたのは正確に何発か憶えていますか」

「三発です」

「殴られた場所を指で示してください」

これも記憶を辿《たど》るように、久志は自分の両頰と腹を指差す。

「その部分で間違いありませんね」

「はい、間違いありません」

「痛みはどうでしたか。相当痛かったですか」

「酔っ払った父親の拳骨《げんこつ》はさほど効きませんでした。酔うと力の加減が分からなくなるんでしょうね。だけど腹に見舞われた一発で、胃の中身を戻しそうになりました」

「その時の気持ちはどうでしたか。恐怖心はありましたか」

「自由を奪われた状態で殴られて、しかも相手は凶暴な顔をしているんです。そりゃあ少しはビビります」

「ひょっとしたら殺されるかもしれないと考えましたか」

「はい」

なかなか上手《うま》い引き出し方だと円は思った。先に手を出したのが正道で、しかも久志の恐怖を煽《あお》っている状況が明確になれば正当防衛の目も出てくる。無論、十五カ所もメッタ刺しにしていれば過剰防衛と反証されて当然だが、それでも一方的な暴力でなかったことは印象づけられる。

「被告人は直後に台所に駆け込んでいます。供述通りだとすれば、馬乗りになっていた被害者を撥《は》ね除《の》けたと考えられるのですが、その辺りの記憶はありますか」

「ありません」

これは供述調書に記述のあった『正直、あの時のことはあまり憶えていません。ただあいつと揉《も》み合った末に何度か刺した記憶がうっすらあります』と符合する証言だ。整合性を取りながら、久志の精神状態が普通ではなかったことを補完している。

「被告人は被害者を傷つけている最中、何も憶えていないと供述しています。それは被害者に対する殺意もなかったということですか」

「はい。殺そうとは思っていませんでした」

供述調書をなぞるような質問の数々は、このひと言を吐き出させるための下ごしらえのようなものだ。

果たして平城は満足そうな顔をして質問を切り上げた。

「弁護人からの質問を終わります」

「では次に検察官、質問をどうぞ」

再び鬼村が立つ。憎らしいほどの余裕を見せているのは相応に自信がある徴《しるし》なのだろう。

「法廷に提出されている供述調書は被告人が逮捕された直後に作成されたものです。被告人はこの供述内容に虚偽の証言をしていますか」

「していません」

「供述した内容は全て真実ですか」

「真実です」

久志の答えを聞くと、鬼村はわずかに口角を上げる。狙っていた獲物が罠《わな》にかかったのを確認した狩人の目だった。

「さて、被告人の供述調書の中には次の文言が含まれています。『私が父親の声を耳にする度にイライラしていた』、『あの男が家にいなかったら、滑り止めの大学くらいには入れたと思っています』、『俺は一度でいいから、あいつが身動きできなくなるくらいに痛めつけてやろうとした』。いずれも被害者に対して憎しみの感情を募らせている供述ですが、これも被告人には真実だったという訳です」

「裁判長」

今度は平城が手を挙げた。

「今のは被告人質問ではなく、検察官の見解です」

「いいえ、裁判長。被告人の証言を簡潔にまとめただけです」

「検察官、続けてください。ただし、供述内容を引用するのではなく端的にまとめるように」

「被告人は被害者を殺害した直後、家を出て街中を逃げ回りほどなく逮捕されました。逃走していたのが一時間程度しかなかったのは本当でしょうか」

「計っていた訳じゃないので正確な時間は分かりませんが、それくらいだったと思います」

「逮捕された後、警察でどのような調べを受けましたか」

「凶器を隠しているかもしれないと、上着とズボンを脱いで調べられました」

「上着というのは、被害者の返り血を浴びたＴシャツですね」

「そうです」

「その調べで凶器のようなものは見つかりましたか」

「いいえ。元々そんなものは隠していませんでしたから」

「この時、被告人が上半身裸になっている模様を担当した警察官の一人が報告書に残しています。具体的には甲十五号証ですが、この報告の中に『被疑者は頭部から上半身にかけて汗まみれではあったものの、目立つ外傷は腕の軽い擦過傷程度であった』とあります」

裁判員の中でも勘の鋭い者なら気づいたであろう。今更ながら円は鬼村の狡猾《こうかつ》さに舌を巻く。

「先ほどの弁護人からの質問で被告人は被害者から両頬と腹に三発も殴られたこと。殊に腹に見舞われた一撃は、胃の中身を戻しそうになったと証言しています」

それほどの打撃を食らったのなら、顔や腹に大きな外傷が残らないはずがない。つまり久志が父親から殴られたというのは偽証であり、正当防衛を適用できる可能性は万に一つもないと立証したのだ。

「被告人に質問しますが、それほどの打撃を食らいながら、何故痣《なぜあざ》の一つも残っていなかったのでしょうか。もしかしたら、被害者から先に暴力を受けたというのは、何かの間違いではなかったのですか」

窮地に立たされたかたちの久志は証言台の上で彫像のように固まっていた。

「俺は、身体《からだ》が丈夫な方なので、殴られても痕になりにくいんです」

贔屓目《ひいきめ》にも見苦しい言い訳としか映らなかった。

「質問を終わります」

どこか勝ち誇ったような響きが聞き取れた。実際、被告人質問では平城の提示した正当防衛の可能性を、鬼村が完膚なきまでに粉砕したのだから検察側の圧勝と言っても過言ではなかった。

円は檜葉を見て何とも言えない気持ちになる。その表情が鬼村と非常に似通っていたからだ。

「弁護人から再度質問しますか」

「いいえ」

平城の声も心なしか元気がない。円は判定負けを告げられて項垂《うなだ》れるボクサーを連想した。

「裁判員、何か気になった点はありますか」

六人の裁判員全員が首を横に振る。

「では次回六月四日を最終弁論とします。閉廷」

閉廷後、評議室に戻った裁判員たちは浮かない顔をしていた。

「どうやら被告人は嘘《うそ》を言っているみたい」

最初に口を開いたのは六十代主婦だった。

「検事さんに指摘された時の顔を見ましたか。顔が真っ青で、あれは嘘がバレた時の顔ですよ。ウチの子も昔、ああいう顔をしたのでよく分かります」

「皆が皆、同じ反応をするとは限らないでしょう」

たちまち四十代無職男性が反論する。主婦は黙って彼を睨《にら》み返す。

「しかし検察側の主張に整合性があるのは否めませんね」

少し逡巡《しゅんじゅん》する素振りを見せながら三十代会社員男性が呟《つぶや》くと、四十代の会社員女性が同意するように頷く。

「被告人が素直そうな少年であるのは窺えるんですけどね」

「やっぱり、普段から気に食わないって感情が積もり積もって爆発したんだよ」

五十代自営業者男性は断定口調で言う。

「あの時分の子どもってのは自制が利かねえから」

「そうでしょうか」

二十代学生女性はまだ結論を決めかねているのか、ずっと眉間《みけん》に皺《しわ》を寄せている。

「わたしは、どうしても事件が一方的な暴力には思えないです。それに、一人を殺して死刑という判例は後々の裁判に少なくない影響を与えるんじゃないでしょうか」

「あなた、そう言うけどねえ」

またもや評議がひと揉めしそうな雰囲気になった時、檜葉が聞こえよがしに咳払《せきばら》いをした。全員の目が檜葉に向けられる。

「最終弁論を経て、我々は採決に入る訳ですが、今の状況でまだ納得がいかない方もいるのではありませんか。恥ずかしがることはありません。我々のような裁判官であっても審議を尽くして尚《なお》、結論に至らず悶々《もんもん》とした夜を過ごすことがあるのです」

裁判員たちを落ち着かせるためのアドバイスかと円が安心していると、檜葉はとんでもないことを言い出した。

「皆さんが納得するために裁判所はいかなる材料も用意すると言いました。もしよければ、裁判所が試験的に運用を始めたＡＩ裁判官の意見を参考にしてみませんか」

檜葉の提案に裁判員全員が驚いたようだった。

「ＡＩ裁判官。そんなものがあるんですか」

「それは興味深い」

「任意の裁判官の人格や知見をコピーした、もう一人の裁判官といったところです。そのＡＩ裁判官に本件のデータを入力すれば、少なくとも一人の裁判官ならこう判断するという実例が得られます。どうですか、皆さん」

裁判員たちは全員興味に目を輝かせていた。おそらく檜葉は、自分の意思を反映させたＡＩの判決を披露して、裁判員たちの意思を誘導するのではないか。

円の中で警報がけたたましく鳴り響いていた。

2

　同時刻、葛城《かつらぎ》は京島の喫茶店で一人の少年と対面していた。

「ども、東山隼士《ひがしやましゅんじ》です」

　館川力也《たてかわりきや》から数えて三人目の事情聴取だった。久志をよく知るクラスメートを辿《たど》り、隼士に行き着いたのはつい昨日のことだ。

「俺、中学までは久志と一緒の学校だったんですよ。家も近所だったんで夏休みとかはよくつるんでました。高校からは別になっちゃったけど、まあ顔を合わせれば世間話はしましたね」

　なかなか隼士に行き着かなかったのは、高校の卒業生たちに訊き回っていたからだ。訪ねてみれば東山宅は戸塚宅と目と鼻の先にあり、とんだ見落としだったと歯嚙《はが》みした次第だった。

「高校では、久志さんは一目置かれる存在だったようですね。ただ、親しい友人が少なく、同じクラスの人は孤高の存在という言い方をしていました」

「孤高の存在、ですか」

　隼士は天井を見上げて、何やら物思いに耽《ふけ》っている。

「まー、そういう風になるんだろーなー。あいつ、どちらかというと陰キャな方で、自分から積極的に友だち作ろうとするタイプじゃないし」

「昔から口数が少なかったんですか」

「小学校の頃はフツーだったんです。中学に入った頃くらいからですよ」

久志が中学に入った頃と言えば、父親とあまり話さなくなった時期だ。正道の帰宅が夜遅くになり、それも大抵酔っ払っていたそうだから、父親との会話が途絶しがちになったのは充分頷ける。

「何か環境の変化でもあったのでしょうか」

「そりゃあ刑事さん。あそこの親父さんですよ」

隼士は早くも回答を出してくれる。

「近所でも評判でしたから。早いところじゃ年寄りが寝る時間に、酔っ払いが大声上げているんです。最初の頃はオフクロさんが近所に詫《わ》びに回っていたくらいでした。俺らは別段気にもしなかったけど、そういう晩の次の日は久志もばつが悪そうにしてたなあ」

近所に迷惑をかけ、家族には暴力を振るう。そんな父親を敬愛しろという方が無理な話かもしれない。

ふと葛城は自分が久志の立場だったらと考えてみる。自分なら、家で昼間から飲んだくれている父親をどう扱っただろうか。我慢に我慢を重ね、試験勉強に励んだだろうか。

訊き込みをしていて、朧《おぼろ》げに久志の置かれた境遇が理解できるようになった。入試に合格すれば、春からは新生活が待っている。それは父親の支配からの脱却をも意味する。

だが自由になろうと奮闘したものの、当の父親の邪魔で新生活への夢が断たれてしまう。久志の落胆ぶりは想像するにあまりある。果たして自分が久志の立場に置かれたら、父親に殺意を抱いてしまうのではないか。

「でも、久志は偉いですよ。学校じゃ親父さんの悪口一つ言いやしない。俺だったらダチ相手に散々愚痴をこぼすんだろうけど、久志は本当に黙っていた。きっと人一倍恥を知っているヤツなんですよ。だから家族の恥を外に洩《も》らすようなことは絶対にしない」

自分なら心の許せる友人に愚痴を聞いてもらうだろうと、葛城は思った。

「あいつ、二つ違いの弟がいるでしょ」

「悟くんですね」

「弟の手前、みっともない自分を見せたくなかったんですよ。久志、そういうのは割と気にしてましたから」

「兄貴の沽券《こけん》に関わると考えていたんでしょうか」

「それもあるけど、一番は教育だったんじゃないかと思います。何しろ親父さんがあんなんでしょ。間違ってもあんな風にはなるなよって、久志なりに教えたかったんですよ、きっと」

「でも、その頃の久志さんと言えば十五、六でしょう」

「苛酷な環境は子どもをあっと言う間に大人にしちゃうんですよ」

大人びた言い方だったが、葛城は笑う気になれなかった。

背伸びしている子どもを見ていると頼もしさと不憫《ふびん》さを覚える。葛城自身もそういう時期があったからだ。背伸びは将来への期待と自分の力不足との葛藤だ。本人は放っておけと思うだろうが、傍《はた》で見ていると痛々しい。久志くらいの年頃の子どもは皆、似たような葛藤を抱えているのではないだろうか。

「久志さん、弟思いだったんですね」

「父親が飲んだくれ、母親が世間体を気にするばっかりだったから、自分が父親代わりになるより他になかったんですよ」

隼士は見てきたように言う。自覚しているのか、口にしてから恥ずかしそうに頭を搔《か》く。

「刑事さん、半分呆《あき》れてませんか」

「いや、近所の幼馴染《おさななじ》みっていうのを思い出していたんです。外で遊ぶ時間が長かったから、下手したら家族よりも近所の幼馴染みと顔を合わせている時間の方が長かったかもしれない」

「へえ、刑事さんの世代って、そんな風だったんですか」

「ひょっとしたら、そういう環境で育った最後の世代になる可能性がありますね」

「ウチの近所って共働きの家庭が割と多いんです。俺が戸塚兄弟とつるんでいたのも、そういう事情あってのことですよ」

「へえ、三人で遊んでいたんですか」

「いや、四人ですね。もう一人楠木《くすのき》ってヤツがいて、そいつも別の高校に行っちゃったので今はあまり顔を合わせていないけど。とにかく暇さえあれば四人でゲーセン行ったり映画観《み》たりしてました。うーん、夏休みなんかは確かに家族よりも一緒にいた時間が長かったなあ」

隼士が戸塚兄弟の事情に詳しいのは、自らも兄弟同様だったからか。

「今度の事件、幼馴染みとしてどう思いますか」

すると俄に隼士は困惑顔となった。

「うーん、親父さんが酔っ払ってどうのこうののレベルなら気軽に話せるんですけど、死人が出ているとなるとなあ。そんなもの気軽に話せる内容じゃないでしょ」

「気軽じゃなければいいんじゃないですか。それに、あなたにしか話せないことがあるかもしれない」

「元々口数が少なくて、俺たちにも父親の愚痴をこぼさないヤツだったから、正直父親に対しての感情は想像でしかないんです」

「想像でも構いません」

葛城は身を乗り出した。

「本人でも自分のことを百パーセント理解できているとは限らない。人物評なんて、他人の想像の集合体に過ぎないという意見の人もいます」

「刑事さん、久志の人間性を掘り下げていって何か役立つことでもあるんですか」

「彼が父親を殺害した動機が、第三者にも共感できるものであったら、裁判官ならびに裁判員の心証も変わってくるかもしれない」

「えっ、刑事さんは弁護側のために捜査しているんですか」

「何も警察は有罪にするために働いている訳じゃない。強いて言うなら、殺された人の無念を晴らすか、無関係の人に冤罪を着せないようにするためです。やったことに対して厳し過ぎる罰というのも社会に反することだし」

「そういうことなら」

隼士も身を乗り出した。

「試験勉強を邪魔した親父さんが目障りだったのはその通りだったと俺も思います。でも、それ以外に、オフクロさんと悟を護《まも》るという目的があったと思うんです」

「父親の暴力からですか」

「あんな親父さんがずっと家にいたら、たとえ自分が家を出ることになっても、残ったオフクロさんと悟が自分の分まで被害に遭うだけだ。そう考えたら、いつもの取っ組み合いで終わらなくなっても不思議じゃない。あいつ、父親代わりだって言いましたよね。責任感のある父親代理が、責任感のない本当の父親に向かっていった。俺はそう解釈しています」

葛城は内心で嘆息する。確かに解釈としては成り立つだろう。だが、隼士の見方はやはり一面的に過ぎる。正道の家庭内暴力が正当防衛を容認するほどのレベルでなければ裁判員の心を動かすことは困難だろう。

どうにも久志を取り巻く環境は苛酷だ。葛城が十八歳であった時、この環境に耐えられるかどうか心許ない。

自分が相対してきた久志はいつも不機嫌そうに顔を顰《しか》めているか、神経質そうに口をへの字に曲げているだけだった。十八歳が、そんな顔ばかりしているはずはないだろう。

「久志さんを撮った写真とかありますか。あれば拝見したいんですが」

「さすがに入試が迫った頃には顔を合わせることもなくなっちゃいましたけど……ああ、そうだ。去年の夏休み、これが最後かもって三人でプールに出掛けたんですよ」

隼士はスマートフォンを取り出してタップすると、液晶画面を差し出した。

どこかのプールで隼士と戸塚兄弟がTシャツ姿で肩を組んでいる写真だった。写真の中の久志は実に屈託なく笑っている。そこに写っていたのは、どこにでもいるような十八歳の少年だった。

彼はこんな風に笑うのか。

そう思って眺めていた次の瞬間、葛城は恐ろしいほどの衝撃に打たれた。

自分は今まで何を見ていた。

違う。

見ていたのではなく、見せられていたのだ。

「この写真、僕のスマホに飛ばしてもらって構いませんか」

「お役に立つのなら、どうぞ」

捜査本部に取って返した葛城は、その足で鑑識課に直行した。対応してくれたのは、運よく土《つち》屋《や》班長だった。

「どうしたい、葛城。そんなに慌てて」

「至急、戸塚事件で再度分析してほしい証拠物件があります」

土屋は半ば呆気《あっけ》に取られたように葛城を見返す。

「おい、あれは今公判中じゃなかったのか」

「公判中だから、尚のこと急いでいるんです」

「あのな、葛城。再鑑定ってのはどういう了見だ。鑑識の連中はどんな事件のどんな物件にも手を抜く分析はしていない。少なくとも俺の目が黒いうちはだ」

「承知しています」

「承知していながら再鑑定を申し出るのは、鑑識に喧嘩を売ってるのも同然だぞ。大体この件、桐島《きりしま》班長や宮藤《くどう》は知っているのか」

「現状、僕の独断です」

「独断ですときやがった。お前、独断で鑑識を動かせるほど偉くなったのか」

「まだ警部補です」

「せめて桐島さんくらいにのし上がってから、そういう口を叩け」

「土屋さん、息子さんがいましたよね」

「ああ、いる」

「おいくつですか」

「今年で十八だ。それが何か関係あるのか」

「戸塚事件の被告人も同じ十八歳です。証拠の正当性によっては、警察が彼の人生をメチャクチャにしてしまう惧《おそ》れがあります」

ようやく葛城の切迫が伝わったらしく、土屋の表情が微《かす》かに和らぐ。

「俺を説得できるだけの材料があるか。あれば一考する。なければ部屋から追い出した後で桐島班長に抗議する」

「いいですとも」

葛城は呼吸を整えてから自身の発見した点と推測を説明する。すると見る見るうちに土屋の顔色が険しくなった。

「どうして、そんなことが起きた」

「犯人が既に逮捕されていたからだと思います」

「鑑識が胡坐《あぐら》を掻いて、証拠を見ていたと言いたいのか」

「違います。見ていたのではなく、見せられていたんです」

しばらくこちらを睨んでいた土屋だったが、やがて忌々《いまいま》しそうに唸《うな》ると踵《きびす》を返した。

「再鑑定は俺がやる」

3

六月四日、戸塚事件最終弁論日。

開廷を前に、評議室では裁判員たちが〈法神〉の話で盛り上がっていた。

「ＡＩ裁判官というのは画期的な試みですね」

「わたし、巷《ちまた》に溢《あふ》れているＡＩには懐疑的だったんですけど考えを改めました。これ、日本の裁判の将来を変えちゃうかもしれません」

「素朴な疑問と言うか絶望みたいなものなんですけど、〈法神〉が数台あれば裁判員なんて必要ないんじゃないでしょうか」

「本格的に導入されたら、公判の日程が大幅に短縮される可能性もありますね」

「あまり大きな声では言えんが、裁判所の経費削減にも期待できるな」

昨日の公判が終わった後、檜葉は裁判員たちに〈法神〉が弾《はじ》き出した戸塚事件の判断を提示してみせた。もちろん参考という名目であり、檜葉の人格を投影させている点は伝えていないが、それでも〈法神〉の判決とそこに至るまでの事実認定や法解釈は裁判員たちに少なくない感動を与えたらしい。六人全員が感嘆の声を上げたほどだ。

「わたしが思っていたことを、ものの見事に言語化してくれました」

「言語化されるというのは、こんなにも見晴らしが良くなるものなんですねえ」

「論理的且《か》つ厳粛。何と言うか、答案を提出する前に模範解答を見せられた気分です」

六人全員が〈法神〉の性能を褒め称《たた》える。言い換えれば、檜葉が下すであろう判断に裁判員が追従する道筋ができたことを意味する。意図したかどうかはともかく、檜葉は労せずして裁判員たちを己の判断に誘導する結果となった。

「投票前に先入観を植え付けていいものでしょうか」

さすがに円が釘《くぎ》を刺そうとしたが、檜葉は蛙《かえる》の面に何とやらで歯牙にもかけない。

「単なる参考意見です。判断材料が多ければ多いほど、裁判員の皆さんも投票が容易になるでしょう」

檜葉の言葉に正当性がないではないが、円には弁明じみて聞こえる。だが円の立場上、正面切って抗議できない憾《うら》みがある。

「大丈夫ですか、高遠寺《こうえんじ》さん」

崎山《さきやま》が気遣わしげに聞いてきた。

「少し苛立っているように見えます」

「そんなことは」

「気持ちは分かります」

崎山は声を潜めて言う。

「檜葉部長のやり方は多少強引だと思います。しかし、この程度ならぎりぎり許容範囲です」

「部長は裁判員をご自身の判断に誘導したいんでしょうか」

「と言うよりは評決で揉めるような事態を回避したいのでしょうね。あっさり全員が合意すれば時間の短縮になります」

そもそも〈法神〉導入の目的は裁判官や書記官の事務手続きを簡素化することにあった。その趣旨に沿えば、檜葉が〈法神〉を最大限有効に活用するのは正しい行いと言えるだろう。だが、円にはどこか歪《ゆが》んだ運用としか思えない。

「その伝で言えば、今回の弁護人の申し出は檜葉部長の思惑を大きく裏切るものでしたね」

円は檜葉がいる手前、遠慮がちに頷く。

平城から証拠調べの要請があったのは、今朝早くのことだった。何の前触れもなくしかも異例のことであり、裁判所は回答を渋ったものの、「検察側が提出した証拠物件に看過できない瑕疵《かし》が存在する」と強く主張されては渋々ながら認めない訳にはいかなかった。かくして最終弁論の直前に再度証拠調べ手続が行われる運びと相成った。

もっとも証拠物件に対する疑義は、裁判所に先んじて円にもたらされていた。昨夜遅く、誤《ご》謬《びゅう》を発見した当人である葛城が連絡してきたのだ。

「いったい弁護人がどんな反証を用意しているのか。聞くところによれば証人申請をしているらしいので、詳細はその証人の口からしか聞けないのだろうけど」

崎山は檜葉の死刑判断を全面的に支持するものではないが、保護観察処分相当という平城の主張は論外と考えているようだ。

いずれにしてもあと数十分後に最終弁論が開かれる。檜葉による裁判員の誘導が奏功するのか、それとも葛城の捜査が土壇場で実を結ぶのか、裁判官としてどちらにも肩入れできない己の立場が悩ましい。

「時間です」

円の声を合図に檜葉たちが入廷を始める。


「最終弁論の前に、弁護人の申し出により証拠調べを再開します」

開廷間もなく檜葉が告げると、法廷内はわずかにざわめいた。

「では弁護人、どうぞ」

「まず予定外の証拠調べを許可していただいた裁判所にお礼を申し上げます」

平城は裁判官席に向けて軽く一礼するが、檜葉は眉を顰めるだけだった。

「弁護側が異議を申し立てるのは検察が提出した甲十三号証についてであります」

裁判員たちは手元のファイルを繰る。甲十三号証は、被告人が逮捕時に着用していた血染めのTシャツだ。

「Tシャツの表面には被害者の返り血が、そして裏には被告人の汗が付着していました。これが、被告人が被害者を殺害したことを示す最大の物的証拠となっています」

平城の説明を聞いていた檜葉は面倒臭げに口を差し挟む。

「それは公判前整理手続の段階で容易に予想できたことではないですか。今更という感がしますが」

「公判前整理手続後に新たな証拠が得られたのです。決定的な証拠の弾劾《だんがい》をするための証人なので、採用を願います」

檜葉は困惑顔を鬼村に向ける。

「どうでしょう、検察官」

「やむを得ませんね」

「弁護人、採用します」

平城の要請で書記官が証人を連れて入廷してきた。四十代、顔の厳《いか》つい男で、葛城の話によれば二十年近く鑑識畑を歩いてきたベテランらしい。

「証人、お名前と職業を言ってください」

「土屋義士夫《よしお》。警視庁刑事部で鑑識係を務めています」

法廷での証言に慣れているのか、土屋の言葉は朗々として法廷内に響き渡る。宣誓も態度も、檜葉たち裁判官を前にしてまるで臆するところがない。

平城が早速土屋に向き直る。

「証人は捜査開始時、甲十三号証を鑑定した担当者ですか」

「いいえ。報告書には目を通しましたが、実際に採取・分析したのは別の捜査員です」

「しかし今回、ご自分の手で甲十三号証を再鑑定されたのですね」

「そうです」

「再鑑定では最初の鑑定と違う結果が出たのでしょうか」

「はい」

土屋の答えに傍聴席がざわめく。平城は構わず質問を続ける。

「具体的な相違点はどのような点だったのでしょうか」

「当初、甲十三号証として提出されていたTシャツには被害者の返り血と被告人の体液が付着していました。鑑識報告書に詳細が綴《つづ》られていますが、夥《おびただ》しい量の返り血を浴びた上に逃走中に噴き出た汗によってTシャツはずぶ濡《ぬ》れの状態でした。サンプルの採取は容易であり、且つ多量でもありました。そして、その多量さゆえに第三のサンプルの存在を見逃していたのです」

「第三のサンプルとは何ですか」

「被害者のものでも被告人のものでもない、三人目の人物の体液があったのです」

土屋の証言に対する鬼村と檜葉の反応こそ見ものだった。鬼村は腰を浮かしかけ、檜葉に至っては目を丸くして呆然《ぼうぜん》としている。

「今の証言によれば甲十三号証のTシャツには三種類の体液が付着していたということですね」

「脇の部分からわずかに汗が採取できました」

「血液はともかく汗であることは何故分かるのですか」

「汗の九十九パーセントは水分と塩分ですが、それ以外にも分析しやすいカリウム、マグネシウム、亜鉛、鉄、重炭酸イオンなどのミネラルや電解質、乳酸、尿素などの老廃物、そしてもちろんDNAやDNA分解酵素が含まれています」

「つまり汗の成分によって個人の特定が可能ということでよろしいでしょうか」

「結構です」

「三人分の体液が混じり合った状態でも判別は可能ですか」

平城の質問は至極初歩的なものだが、これは裁判員に向けての説明を兼ねているからだ。言い換えれば、こちらの主張を理解してもらえれば勝てるという自信が垣間《かいま》見《み》える。

「判別は可能です。今回の場合、Ｔシャツの繊維に浸潤している深さで体液の付着した順番も分かります」

「その順番を述べてください」

「まず今回新たに発見されたサンプルが最初、次に被害者の血液、最後に被告人の汗という順番です」

「話が前後してしまいますが、そもそもあなたが甲十三号証を再鑑定しようとしたきっかけは何だったのですか」

「関係者の一人から一枚の写真を預かりました。その写真を見て初動捜査の過ちを知った次第です」

「今、その写真をお持ちですか」

「持参しています」

「提示してください」

求めに応じて土屋がカバンから写真を取り出す。平城は写真を一瞥《いちべつ》すると裁判官席に近づき、檜葉に手渡した。本来なら事前に写しなりを配布しておくべき証拠物件を現物で確認させているのは、無論檜葉たちの意表を衝《つ》く効果を狙ってのことだろう。弁護側にすれば最終弁論を控えた本日こそが起死回生を見込めるラストチャンスだ。効果的と思える手は何でも打ってくるに違いない。

写真を見た檜葉が愕然《がくぜん》とする。次に回された崎山も同様だ。

崎山から円に写真が渡される。どこかのプールで、久志を含めた三人がＴシャツ姿で肩を組んでいる写真だった。

　驚くべきは甲十三号証として提出されたTシャツを久志以外の人物が身に着けていることだった。

「証人」

　黙っていられないという様子で檜葉が土屋に声を掛ける。

「このTシャツを着ている人物は何者ですか」

「わたしは聞いていません。しかし被告人と親しげにしている様子なので、被告人の鑑取りをした捜査関係者なら知っているはずです」

　裁判官と裁判員の目が鬼村に注がれる。写真を手にした鬼村は悔しさに顔を歪ませながら口を開く。

「Tシャツを着ているのは被告人の弟、悟くんです」

「警察が家宅捜索した際、甲十三号証と同じTシャツはあったのですか」

「いいえ」

「弁護人、続けてください」

「ただ今の検察官の話と写真に写っているものを総合すれば、甲十三号証は元々被告人の弟が着ていたものと思われます。そうでなければ繊維の一番深くに汗が染み込んでいた事実が説明できません。次に被害者の返り血を浴び、次に被告人が着用し、逃走中に盛大な汗を掻いた。そういう順番だったと考えられ」

　平城の説明が終わらぬうちに、「ああっ」と大声を上げた者がいる。

久志だった。

「馬鹿ヤロウ、折角ここまでやれたっていうのに」

「被告人、まだ発言を許していません」

「先生、写真を提供したのは隼士なんですか」

「被告人、不規則な発言は慎みなさい」

檜葉の再度の咎《とが》めに、ようやく久志は口を閉ざす。

だが遅過ぎた。

平城の説明と久志の叫びによって、法廷にいる者のほとんどが真相を知ってしまったのだ。

檜葉は当惑の表情を隠しきれず、崎山はどこかほっとした様子だ。裁判員たちは顔を見合わせて事態の急展開に戸惑っている。

傍聴席のざわめきが高まるのを断ち切るようなタイミングで、平城が弁論を継ぐ。

「この新証拠によって、被告人が被害者を殺害したというのは虚偽供述である可能性が生じました。従って弁護人としましては、公訴事実に異議を唱え、殺害事件に関しては被告人の無罪を主張するものであります」

平城とすれば至極当然の主張だ。正面に座る鬼村はぎろりと睨みつけるが、それで趨勢《すうせい》が逆転するはずもない。

写真の存在を探り当てたのは葛城だ。現時点で鬼村は知らない模様だが、土屋を問い詰めればやがて判明するだろう。担当検事への連絡を遅らせた咎で彼に処分が及ばないのを祈るばかりだ。

「検察官。今の弁護人の弁論について何かありますか」

鬼村は今にも罵声を発しそうな形相のまま、声だけは平静だった。

「検察側は最終弁論を延期したいと考えます」

「そうですか」

檜葉の声は気圧《けお》されたように力がなかった。

「検察官。次回公判までに時間は必要ですか」

「二週間ほど猶予をいただければ有難いです」

「弁護人。二週間後という要請がありましたがいかがでしょうか」

「結構です」

「それでは次回公判を二週間後の六月十八日とします。閉廷」

閉廷を告げられた瞬間、傍聴席に陣取っていた一群が出口に殺到する。おそらく司法記者たちが夕刊の記事に間に合わせようとしているのだろう。

評議室に戻るなり、裁判員たちは堰《せき》を切ったように質問を浴びせてきた。

「裁判長、今のはいったいどういうことですか」

「次回公判が二週間後って、わたしは今日が最終弁論、次回結審だとばかり思ってスケジュールを組んでいるのに」

「結局、被告人は殺人を犯したのか、犯してないのか」

檜葉はいちいち答えるのも面倒だという素振りで、見かねたように崎山が横から口を出す。

「証人となった鑑識係が体液の付着した順番を説明しましたよね。春先とは言え、弟が一日着ていたTシャツを、洗わずに兄がもう一度着るでしょうか」

　まさか、と二十代女性が呆れたように反応する。

「たとえ制汗剤を使っていても、そんなことしませんよ」

「ですよね。戸塚家の母親も家事にはまめな人だと聞いているので、悟くんの汗が付着していた時点で、元々の所有者であった彼が既に洗濯されたＴシャツを着ていたものと推測できます。つまり被害者の返り血を浴びた直後に被告人がすり替えたのですよ。被告人とは二つ違いで体格もさほど変わらないので、警察も含めて我々はすっかり騙《だま》されていたという訳です」

「でも、どうして」

　これには三十代男性が答えた。

「弟の犯行を誤魔化すためでしょうね」

「ええ、その可能性が高いでしょう。戸塚久志の供述調書の中にも、被害者の正道は悟くんにも日常的に暴力を振るっていたという記述があります。だとすれば、忍耐に限界がきた悟くんが窮《きゅう》鼠《そ》猫を嚙《か》むで実父に反撃したとしても不思議ではない。大小十五ヵ所に及ぶ多くの傷は、それこそ被害者に対する恐怖心の裏返しとも考えられます」

「でも、下手をしたら自分が死刑になりかねないんですよ。そんなことしますかね」

　五十代男性が空論と決めつけんばかりに疑義を差し挟むが、崎山は歯牙にもかけない。

「世の中には、そういう兄弟もいるのですよ」

　横で聞いていた円は内心で頷く。弟思いの久志が犯行の現場に遭遇し、咄嗟《とっさ》に血染めのＴシャツと自分のＴシャツを交換したとすれば、その後の逃走劇も腑《ふ》に落ちる。凶器の包丁から弟の指紋を拭い取り、自分で握り直す。後は逃走すれば、警察が自分を殺人犯と目して追いかけてくれる。

でも、と六十代の主婦が疑問を投げかける。

「自分で罪を被《かぶ》ろうと考えた時、被告人に躊躇《ためら》いとかはなかったのでしょうか」

これればかりは本人に訊いてみなければ分からない。しかし惨状を目にした直後、久志を衝き動かしたものは保身よりも自己犠牲の精神だった。そうとでも考えなければ彼の行動を説明できない。我が身に死刑が求刑されるとは想像もしていなかったのではないか。

だが検察側が死刑を求刑しても、久志は証言を覆そうとはしなかった。それどころか供述の端々で母親と弟を護ろうとしていた。それが倫理上、正しいかどうかは円にも分からない。分からないが、そういう少年に厳罰を下すのが望ましいことでないのは分かる。

正しいことと望ましいことが常に一致するとは限らない。二つの概念が対立した場合、法律家であれば正しさを追求するべきだろう。しかし一方で望ましさを忘れてしまっては、血の通った判決を下せない――祖母なら、きっとそう言うに違いないと思った。

「これから公判はどうなるんでしょうか」

四十代会社員女性の質問に崎山が気安く答える。

「指定された二週間後までに、検察は被告人と悟くんを調べ直すでしょうね。検察も二度と恥を掻きたくないので、今度は慎重にも慎重を期した捜査をするでしょう。そして同じ理由から本件を取り下げる確率も高い」

「本当ですか」

「もちろん争い続けるのは可能ですが、スジが悪過ぎます。続けても恥の上塗りになるだろうし下手をすれば冤罪《えんざい》案件と言われかねない。少なくとも検察はそんな負け戦をしないでしょう」

無論、検察にも鬼村にも面子《メンツ》があるだろうが、それでも九十九パーセントを超える有罪率に優先するものではない。検察が起訴を取り下げるというのは、円も同意見だった。

「そうなれば我々はこのままお役御免ということですかな」

四十代の男性が冗談っぽく言う。言葉の中に安堵《あんど》の響きが混じっているのは円の気のせいではないだろう。

今まで何人もの裁判員を目にしてきたが、死刑判断が絡む裁判で苦悩しない裁判員は稀《まれ》だ。裁判官の自分ですらそうなのだから、自分の一票が他人の生き死にを左右するとなれば一般市民が悩むのはむしろ当然だろう。

「起訴が取り下げられたら評決の必要もなくなりますからね。でも、皆さんにとって決して無意味な体験にはならないようにと願っています」

崎山にしては珍しく饒舌《じょうぜつ》だった。口調が普段よりも真剣なのも手伝い、裁判員たち全員が崎山の言葉に耳を傾けていた。

「新約聖書の中に『主言い給《たま》う。復讐《ふくしゅう》するは我にあり、我これを報いん』という一節があります。要約すれば、復讐は人間の仕事ではないから神の怒りに任せよ、ですかね。この教義に従えば、罪びとを裁き罰するのは神の仕事と規定されています。言い換えれば、我々裁判官と皆さんは神の仕事を代行している訳です」

神の仕事と聞いて、数人の表情が固まった。

「もちろん、神に及ぶべくもない我々がその代わりになどなれるはずもありません。しかし平穏な市民生活を維持し秩序の安寧を図るには、人が人を裁き罰するしかない。これはとても悩ましい問題です。わたしも判事になりたての頃は煩悶《はんもん》しました。今もってそうです。判決文を書く時はああでもないこうでもないと呻吟《しんぎん》し、結審して被告人に告げる際には心臓が破れそうになる」

聞きながら、崎山は裁判員たちだけではなく、円に向けても語っているのだと知る。

「判決を言い渡した後もそれが正しい判断だったのかどうか惑い、懲役囚が刑期を終えたと聞いては安堵し、死刑が執行されたと聞いては慄《おのの》く。毎日がそんな連続です。最高裁の裁判官には国民審査という審判がありますが、そんな制度がなくても我々は日々見えざる者に監視され、やがて自らも裁かれる日がくると怯えているのですよ」

意外な心情の吐露に、裁判員たち全員が声を失う。これまでの公判で自らも味わった感覚なので共感も一入《ひとしお》なのだろう。

「適正な判決を下すためには、それまで自分が蓄えてきた知見はもちろんのこと、新しい知識や考え方も学ばなければなりません。世情を知り、人情を知り、善悪の境界を知らなければなりません。神の代行だからと言ってしまえばそれまでですが、およそ人を超えるスペックを要求される。裁判というのは、そういうものなのです。そうでなければ同族を裁くなどという行為が許されるはずもありません」

生前の祖母も似たようなことを言っていたのを思い出す。二十歳になったばかりの学生を脅してどうするのだと眉を顰めた憶えもあるが、あの時に諭されてよかったのだと今では思える。神に近づくために足掻《あが》き、切磋琢磨《せっさたくま》することこそが法を護る者の使命であると思い知ったからだ。

「効率化やコスパが叫ばれる現代です。事務手続きが煩雑ではマンパワーが落ちるので、電子化や省力化も必要不可欠でしょう。しかしですね、量刑判断や死刑判断にまでAIの力を借りることには嫌悪感と言うか罪悪感があるのです」

明らかに檜葉に対する異議申し立てだった。

檜葉が首だけを回してゆっくりと崎山を睨む。しかし崎山の口が閉じられる気配はない。

「いくらAIが高性能であろうと、いくら自分の人格と瓜《うり》二つであろうと、裁判官は悩むことから逃げてはいけないと思うのです。裁く側も裁かれる側と同等に足掻き煩悶する。被害者の無念に寄り添い、被告人の心情を理解する。そういうプロセスを経てこそ人が人を裁くという傲慢の免罪符になり得るのだと、わたしはそう考えます」

裁判員たち六人からは咳一つ聞こえない。

また読み違えていた。

崎山は円に向かっては箴言《しんげん》を、檜葉に向けては諫言《かんげん》を投げかけていたのだ。

自分は判決を下す過程でAIの力は借りない。崎山の意思表明に対し、檜葉は激昂《げっこう》するでも冷笑するでもなく、ただ寂しげな視線を返しているだけだ。

檜葉から教訓を得られるのは、これが最後になるのかもしれない。

そう考えると胸が詰まった。

「ここにいる皆さんが再び裁判官席に座るのは確率として難しいでしょう。しかし、人を裁くという行為が傲慢で、困難で、そして神聖であることを決して忘れないでください。それが、あなたたちが裁判員に選ばれたもう一つの意義なのですから。ああ、すみません。柄にもなく少し喋り過ぎたようです」

崎山はわざとらしくはにかんでみせる。円は胸の裡《うち》で拍手喝采していた。

一週間後、崎山の予測した通り検察は無罪論告の予定を通告してきた。既に戸塚久志と悟の兄弟から供述を引き出しており、弟に対して保護処分を視野に入れて捜査継続を決めたらしい。

伝え聞くところによれば二人の供述はほぼ一致しており、悟は終始泣き通しだったと言う。父親を刺したことよりも久志が罪を被ってくれたことに罪悪感を覚え、夜も碌《ろく》に寝られなかったようだ。逮捕してくれてむしろほっとしたと葛城に告げたとのことだった。

久志もまた泣いていた。こちらは弟を護りきれなかった悔し涙だった。

「悟は昔から気の弱いヤツで、そんな弟が少年院や刑務所での生活に耐えられるとはとても思えなかったんです」

「物心つく頃から父親の暴力に脅かされた弟が一番の被害者だった。この上、父親殺しとして生きろなんて残酷過ぎますよ」

「正直、あんな男一人を殺したくらいで死刑を求刑されるなんて思ってなかったんです。でも今更嘘でしたなんて引っ込みがつかないし、それで悟が救われる訳でもないじゃないですか」

「もし誰かが罰を受けなきゃならないとしても、それは悟じゃありません」

死刑の恐怖に怯えながらも、久志の弟を思う気持ちは決して揺らぐことがなかった。それだけで、円は救われるような気持ちになった。

4

　その日、東京高裁の刑事訟廷事務室では円と寺脇《てらわき》、そして〈マンダソリューション〉の萬田美《まんだみ》知佳《ちか》が楊を迎えていた。

　さて、と口火を切ったのは楊だった。

「〈法神〉の試用期間が終了に近づいたのですが、皆さんからはどんな評価をいただけるでしょうか」

「〈法神〉の事務処理能力には端倪《たんげい》すべからざるものがあります」

　開口一番、寺脇は絶賛してみせたが、隣にいる円には社交辞令にしか聞こえない。日本語に堪能と自負する楊にどこまで真意が伝わるかも疑問だった。

「〈法神〉の導入により、東京高裁管内の裁判所では省力化が進み、担当書記官たちにも好評です」

「光栄ですね。わたしもはるばる中国から来た甲斐《かい》があるというものです」

　これもまた社交辞令だが、寺脇よりもあからさまなのは〈法神〉の性能に絶対的な自信があるからだろう。

「〈法神〉が日本の裁判所に尽力できれば、中日技術交流の大きな成果です。習近平国家主席もお喜びになると思います」

　楊は両手で揉み手を始める。

「それでは商談に移りましょう。まず〈法神〉を長期リースにするのか、それとも必要な台数を購入するのか」

「あ、いや、お待ちください」

寺脇は申し訳なさそうに楊の言葉を遮る。

「大変申し上げにくいのですが、東京高裁は試用期間終了とともに〈法神〉をお返しするつもりです」

「え」

一瞬、楊は自分の語学力を疑うかのように狼狽した。

「今後、〈法神〉を導入するつもりはないという風に聞こえました」

「ええ。そのつもりで申しました」

「何故です」

楊は血相を変えた。思えば、この男は初対面の時から人を見下すきらいがあった。だが、その薄笑いもずるりと剝がれ落ちた。

「理由は単純明快です。〈法神〉は確かに高性能ですが、高裁としては限られた予算の中からリースや購入をする余裕がないというのが結論です」

「では代金は我が党からの借款《しゃっかん》でも構いませんよ」

さすがにこの申し出には寺脇も苦笑した。

「どこかの国の鉄道ならともかく、他国に借金してまで導入しなければならないソフトではないと判断しています」

「あなたは間違っている上に大損をしている」

楊は一歩も退こうとしない。

「カネがないなら借金してでも〈法神〉を導入するべきです。どうしても借金が嫌なら、裁判官百人程度をクビにして、浮いた人件費を購入代金に充てればいい。〈法神〉のパフォーマンスは裁判官百人以上に匹敵するのだから」

顔を顰めた寺脇が何か言おうと口を開きかけた瞬間、それより早く別の声が上がった。

「おたくのソフトが欠陥品だから、カネを出したくないって言ってるんですよ」

不躾《ぶしつけ》とも取れる萬田の言葉に、楊は毒気を抜かれたようだった。

「今、欠陥品と言ったか。どういう意味だ」

「日本語が堪能だと思っていましたが、知らない単語もあるようですね。欠陥品というのは本来備わっているべき安全性が足りていない工業製品を指します」

「そんなことを訊いているんじゃない。〈法神〉が欠陥品な訳ないだろ。中華人民共和国のＡＩ技術の粋を集めたソフトだぞ。そもそもお前は何者なんだ」

「申し遅れました。ソフト検証ソフトの開発を手掛けている萬田美知佳と言います」

「ふん、粗探しが専門か。そんなヤツが〈法神〉を欠陥品呼ばわりとは笑わせる。いったいどこが欠陥品だと言うんだ」

「〈法神〉のアルゴリズムを解析していたら、時々奇妙な振る舞いを確認するようになりました。具体的には尊属殺人のケースです。子どもが親を殺害した事件に限って、実際に下された判決よりも〈法神〉の結論が懲役十五年から二十五年へ、懲役刑が死刑へとより厳罰方向に傾いています。他の殺傷事件では全く確認できないパターンだったので、わたしは基本データから洗い直すことにしました。楊さん、〈法神〉は日本の六法以外にも、後の裁判に影響を与えた重要判例を全て網羅しているとのことでしたね」

「その通りだ」

「ところが基本データを浚《さら》ってみると、抜けていた判例が一つありました。昭和四十八年四月四日の最高裁、尊属殺重罰規定違憲判決です」

尊属殺重罰規定違憲判決は法律を学ぶ者が必ず接する重要判例だ。

昭和四十三年、栃木県矢板市で二十九歳の女性が長年の性的虐待に耐えかねて実父を殺害した。この女性は実父との間に五人も子どもを出産させられ中絶も複数回に及んでいたという。その女性にも相思相愛の相手ができたが、実父はその事実に激怒し女性に更なる暴行を加えたのだ。絶望に打ちのめされた女性は実父を殺害するより他に手段はなかった。当時はまだ刑法に尊属殺人の規定があり、女性側に情状酌量の余地が充分にあるものの、尊属殺人と捉えると執行猶予を付すこともできなかった。

そこで最高裁は、「そもそも尊属殺重罰規定自体が憲法の法の下の平等に反するものであり違憲且つ無効」という判断を示したのだ。刑法自体が無効という考えは画期的どころかコペルニクス的転回ともいうべきもので、評価する声も多かった。

「親族間の殺人事件というケースでは絶対に無視のできない判決と聞いています。この判決をデータに入れなかったのは過失ですか、それとも何らかの意図があってのことですか」

「親殺しは大罪に決まっている」

やはり故意にデータ入力しなかったらしい。予想していたのか、萬田は納得顔で頷いた。

「〈法神〉に尊属殺重罰規定違憲判決のデータがない以上、それ以前の判決のデータが有効になるので、親殺しは重罰になる傾向があります。ただし、元々懲罰主義が顕著な裁判官が〈法神〉を使用したら、ちょっとだけ厳しいかな、くらいの印象になるのでしょうね」

今回、戸塚事件で〈法神〉が死刑と判断した際、檜葉がさほど違和感を覚えなかったのはそれゆえだ。

「重要判例がデータに落とし込まれていない以上、〈法神〉は日本の裁判で司法判断には利用できず、できるとすれば資料集めのレベルでしかない。〈法神〉が欠陥品だというのは、そういう理由です」

楊はもう反駁《はんばく》しなかった。ただ忌々しそうに萬田を睨みつけている。

「もう一つ、この〈法神〉には筐体《きょうたい》本体に〈2〉という番号が刻印されています。楊さんも最初にプレゼンをする際、『〈法神2号〉です』と仰《おっしゃ》ったと聞きます。いったい〈2〉は何の番号を示しているんですか」

「企業秘密を教えなければならない謂《いわ》れはない」

「わたしどもの会社もソフトウェア開発の世界では、それなりに情報網を持っています。楊さん、中国が技術交流を申し出ているのは日本だけじゃありませんよね。こちらが入手した情報では、韓国、ベトナムといった国にも北京智慧創明科技からＡＩ裁判官が提供されたらしいですね」

「答える義務はないと言っている」

「韓国に送った〈法神〉には〈3〉、ベトナムのものには〈4〉の番号が振られていました」

「ただのシリアルナンバーだろう」

「製造元である中国、提供された側の日本、韓国、ベトナム。この四カ国に共通しているのは、多かれ少なかれ儒教が根付いている事実です。儒教の教えの下、尊属殺人が重罰に傾くのは当然ですが、〈法神〉はその危険性を敢《あ》えてスルーしています。何故ですか」

問い詰められたかたちの楊はしばらく沈黙していたが、やがてさも当然といった口ぶりで話し始めた。

「我々の思想や法律は遠からずアジア全土に、そして世界に拡《ひろ》がっていく。同じ儒教の国なら今のうちに〈法神〉を整備しておくのは決して損な話ではない」

中華思想（中国が世界の中心であり、その文化・思想が神聖なものであると自負する思想・価値観・道徳秩序）か。円は胸やけに近いものを感じる。

何とも居心地の悪い雰囲気の中、寺脇は咳払いを一つしてから言い放つ。

「とにかく東京高裁としてはそういう結論に至りました。〈法神〉をお引き取りください」

「こちらも、日本が新しい技術を拒む後進国だという結論に至りました。〈法神〉は後日回収しにきます。残念ですね」

楊は最後に皮肉を吐くと、挨拶も抜きで部屋から出ていった。

楊の姿が見えなくなった途端、萬田は周章狼狽《ろうばい》し始める。

「あの、わたし、ちょっと言い過ぎたような気が。いくら何でも開発者に向かって欠陥品だなんて。今からでも楊さんに謝りに」

寺脇は呆れたように彼女を見る。

「さっきはもう、ＡＩソフトの瑕疵を指摘するのに頭がいっぱいで、相手への敬意をすっかり忘れていて」

「今更ですねえ」

「敬意ならわたしが示しました。他国に自国の思想信条を植え付けようとする相手には、あの程度で充分でしょう」

「でも〈法神〉は事務処理ソフトとしては非常に優秀でした」

「効率化が全てではないと思います」

円は今まで言おうとして言えなかったことを口にした。

「何でもかんでも速ければいいというものでもないでしょう。事務処理ならいざ知らず、データさえ入力すれば罪と罰が出力されるというのは危うさを覚えます。人が人を裁くのには手間と時間をかけるべきだと思います」

寺脇の前でずいぶん思い切った発言だと反省したが後悔はしなかった。

もし葛城がＴシャツの交換に気づかなかったら、檜葉は〈法神〉に準拠するかたちで死刑判決を下していた可能性が高い。裁判員たちも異論は差し挟まなかっただろう。それを思えば教訓めいたことが頭を掠《かす》めるのも無理はなかった。

「わたしもそう思う」

少し遅れて寺脇が呟いた。

「萬田さん、ＡＩは過去のデータに準拠しているので新しい概念を生成できないのでしたね」

「現状はそうです」

「尊属殺重罰規定違憲判決は当時でも起死回生のような司法判断だった。新しい時代の新しい犯罪に旧来の考え方だけで対処するには限界がある。人は新しい概念を生み出せるが、ＡＩがまだそのレベルに到達していない以上、やはり〈法神〉は危険なソフトと考えざるを得ない」

するとは萬田はおずおずといった調子で寺脇に持ち掛けてきた。

「事務処理能力に限定するのであれば〈マンダソリューション〉は〈法神〉クラスのＡＩソフトを開発できます」

はや彼女の目は営業モードに変わっていた。

「あなた、結構商売上手なんですな。現時点で納期と予定価格を提示できますか」

「もちろんですとも」

「では改めて話をしましょうか」

寺脇と萬田がテーブルに移動するのを横目で見ながら、円もそっと部屋を出る。

〈法神〉の導入はならなかったが、今後もＡＩソフトが司法の世界に絡んでくることは多くなるだろう。

マンパワーに頼る精神論だけでは早晩限界がくる。ＡＩの先進性を妄信するだけではリスクが高い。いずれ円自身が、そのせめぎ合いの中で法廷に臨む日が到来するに違いない。その時、果たして自分は己や祖母に恥じない判断が下せるのだろうか。

不意に葛城の声が聞きたくなった。

装幀　坂野公一（welle design）
写真　Adobe Stock

◉初出
「ＳＴＯＲＹＢＯＸ」２０２３年１月号〜９月号、11月号

◉引用文献
・ＡＭＰ　２０１９年４月14日掲載「人工知能が担う新たな領域
——エストニアの『ロボット裁判官』とは？」（大津陽子）
・「比較法学32巻２号」掲載「１９９７年中華人民共和国刑法全訳」
（野村稔・張凌）／早稲田大学比較法研究所

有罪、と
AIは告げた

著者　中山七里
発行者　庄野 樹
発行所　株式会社小学館
〒一〇一-八〇〇一　東京都千代田区一ツ橋二-三-一
編集　〇三-三二三〇-五九五九
販売　〇三-五二八一-三五五五

2024年2月19日　初版第1刷発行
2024年3月18日　　　　第2刷発行

DTP　株式会社昭和ブライト
印刷所　萩原印刷株式会社
製本所　株式会社若林製本工場

©Shichiri Nakayama 2024 Printed in Japan　ISBN 978-4-09-386712-2